Le petit cœur
brisé

MOKA

Le petit cœur brisé

M+

l'école des loisirs
11, rue de Sèvres, Paris 6ᵉ

ISBN 978-2-211-25152-5

1

Chère famille

Mélaine avait un an lorsque ses parents se tuèrent dans un accident de voiture. Elle ne s'en souvenait pas.

Quand son grand-père mourut, elle avait quatre ans. Elle ne s'en souvenait pas non plus.

Elle avait maintenant onze ans. Et sa grand-mère venait de mourir. Quant à ses grands-parents du côté de son père, elle pensait qu'ils n'avaient jamais existé. Personne ne les avait mentionnés et ils devaient être morts, eux aussi.

Mélaine était dans la pièce où on avait mis le cercueil. Il était fermé mais elle savait que grand-mère était dedans. Dans le salon, à côté, il y avait plein de gens habillés en noir. Ils parlaient fort. Et ils mangeaient. On ne s'occupait pas de Mélaine. Cela ne la changeait pas beaucoup. On ne s'occupait jamais d'elle.

Grand-mère la tolérait chez elle, dans cette immense maison en brique rouge. Elle disait à tout le monde qu'elle élevait bien sa petite-fille. Elle faisait toujours une drôle de tête en ajoutant : « Mais cette petite, c'est du tracas pour une femme seule et je ne suis plus toute jeune. »

Mélaine ignorait de quel tracas il s'agissait. Elle ne l'avait jamais embêtée. Enfin, elle ne le croyait pas.

Elle allait à l'école, elle déjeunait à la cantine et elle dînait à la cuisine. Le repas était préparé par la bonne. Elle mangeait puis elle montait dans sa chambre. Elle ne voyait sa grand-mère que le dimanche, quand elle recevait des gens. Elle l'exhibait.

Mais, maintenant, Mélaine ne la verrait plus. Même pas le dimanche. Dans le fond, cela ne faisait guère de différence. Elle avait toujours eu l'impression d'être transparente. Les gens ne la voyaient pas. Ils regardaient à travers elle. Elle n'avait eu qu'une amie à l'école primaire. Au collège, c'était encore pire, personne ne lui parlait, même pas les professeurs.

Là, elle était invisible. Il y avait plein de monde dans le salon et personne ne l'avait vue. Devait-elle monter dans sa chambre ? Le cercueil, ça ne lui faisait rien du tout. Devait-elle pleurer ?

La bonne l'avait habillée avec sa jupe bleu marine et son tricot, l'uniforme de son école. Elle avait cru qu'il y avait classe, ce matin. Mais non, c'était pour l'enterrement.

On attendait que les gens aient fini de manger pour mettre le cercueil en terre.

Mélaine trouvait bizarre de manger avant d'enterrer quelqu'un.

Elle, elle n'avait pas faim.

On oublia d'emmener Mélaine au cimetière.

La maison était vide. On n'avait pas débarrassé le salon, si bien que Mélaine avait de la nourriture en abondance. Elle grignota un peu, par habitude. Puis elle monta se coucher.

Quelqu'un allait-il s'occuper d'elle ? Ou allait-on la laisser là, toute seule ? Elle n'était même pas sûre que la bonne revienne.

Elle brossa ses longs cheveux châtains devant le miroir de la salle de bains. Elle regarda son visage. Elle n'était pas belle, elle en avait conscience. Sa peau était blanche, ses yeux enfoncés, le nez sans caractère, les lèvres trop minces. Elle était si maigre qu'elle était presque difforme. Une épaule plus haute que l'autre. Des jambes comme deux cannes raides. Des pieds gigantesques pour une si petite taille. Normal que personne ne l'aime.

Elle alla se coucher. Et dormit d'un sommeil sans rêves.

Une main la secoua. Mélaine ouvrit les yeux. C'était Brigitte, la bonne.

– Habille-toi, dit-elle. Il y a des gens importants, en bas.

Mélaine était contente. On ne l'avait pas complètement oubliée finalement. Brigitte traînait dans sa chambre. Mélaine ne comprenait pas pourquoi. Brigitte se balançait d'un pied sur l'autre, hésitante. Puis, brusquement, elle plongea la main dans la poche de son tablier de service. Elle s'approcha de la petite fille et la saisit par le poignet. Mélaine eut presque peur. Brigitte glissa sa main dans la sienne. Mélaine sentit quelque chose dans sa paume.

– Tiens, dit Brigitte. C'est pour toi. Enfin, c'est à toi plutôt… Écoute, il ne faut le dire à personne parce que j'aurais des ennuis… Mais… je l'ai pris sur… sur le cadavre de ta grand-mère. C'est interdit de voler, surtout les morts. Mais ce n'est pas du vol, tu vois… Parce que je pense que ça te revient. Je l'ai pris… parce que je crains que… d'autres ne le prennent au lieu de te le donner.

Mélaine regarda dans sa main. C'était un pendentif en or au bout d'une chaîne. Mélaine ne l'avait vu qu'une seule fois auparavant. Autour du cou de sa grand-mère. Elle n'avait pas eu le temps de voir ce que c'était car sa grand-mère l'avait aussitôt caché sous ses vêtements.

– Il est cassé, dit Mélaine.

Le pendentif était un cœur creux sans décor, un peu cabossé. Le pendentif avait été un médaillon, il manquait la partie frontale.

— Je sais, répondit Brigitte. Mais ta grand-mère y tenait plus que tout au monde. Elle ne m'a jamais dit pourquoi. Je ne voulais pas que quelqu'un d'autre ne le prenne.

— Qui ? demanda Mélaine. Qui d'autre ?

— Les gens qui sont en bas… souffla Brigitte. Cache-le bien.

Mélaine passa la chaîne autour de sa tête. Une fois sous son pull à col montant, on ne la voyait plus. Brigitte approuva.

— Si jamais on te pose la question, tu diras que c'est ta grand-mère qui te l'a donné avant de mourir, d'accord ? Viens, maintenant. Ils t'attendent.

Ce en quoi Brigitte se trompait. Personne n'attendait Mélaine. La porte du bureau était fermée mais on entendait des voix un peu excitées ou un peu anxieuses. Brigitte hésitait. Finalement elle se décida.

— Reste assise là. On va bien finir par venir te chercher.

— Mais qui sont tous ces gens ?

— Ta famille, répondit Brigitte d'un ton méprisant.

— J'ai une famille, moi ? Première nouvelle !

Brigitte haussa les épaules. Elle savait bien quel genre de famille était celle-là. Le genre qu'on ne voit apparaître qu'aux enterrements ou plutôt...

— Ils sont là pour l'ouverture du testament de ta grand-mère, dit Brigitte. Des cousins plus ou moins éloignés. Je vais ranger le salon. Bouge pas.

Mélaine croisa les mains sur ses genoux et attendit, l'oreille aux aguets, au cas où quelqu'un l'appellerait.

Me Beaulieu regarda les visages tendus face à lui. La famille. Tout le monde retint son souffle quand il décacheta, lentement, le testament de Mme d'Avillon-Faucher. Enfin pas tout à fait tout le monde... Une vieille dame s'était endormie dans son fauteuil et respirait plutôt bruyamment.

— Voilà... commença-t-il. Je vous épargne les formules habituelles « je soussignée... », etc. Ce document a été rédigé devant notaire, c'est-

à–dire, moi… et devant deux témoins. Ahem…
« À ma cousine Béatrice Coulomb »…

La cousine Coulomb, âge indéfini, la bouche amère, dix kilos de trop. Elle se pencha en avant, les yeux brillants non pas d'intelligence car elle était bête, mais de cupidité.

— « Je lègue ma pendule *quatre cents jours* que j'ai gagné au tirage au sort du catalogue *Vert Maison*. À mon cousin Alfred Dumoujin, je lè… »

— Quoi ? Quoi ? s'écria Béatrice Coulomb. C'est tout ?

— Oui, madame. « À mon cous… »

— C'est impossible ! hurla la cousine. Elle m'avait promis la maison !

— Ah, pas du tout ! répondit Alfred. C'est à moi qu'elle…

— Vous plaisantez ! le coupa un homme étriqué dans son costume noir. Elle m'a toujours dit que j'aurais le domaine !

Mᵉ Beaulieu regarda du côté de la vieille dame endormie et de sa voisine, une autre vieille dame qui lui ressemblait beaucoup. « *Les sœurs Grandier* », pensa le notaire. Celle qui était réveillée ne réclama pas la maison. Elle avait l'air un peu abasourdi.

– Puis-je poursuivre ? demanda le notaire. « À mon cousin Alfred Dumoujin, je lègue ma collection de cuillères en corne de zébu, soit six cuillères. »

Le cousin resta bouche bée, les yeux injectés de sang. Son teint violacé trahissait son penchant pour l'alcool. Le monsieur étriqué se rengorgea. À lui, la maison ! Il ne regrettait pas d'avoir envoyé des fleurs à tous les anniversaires de la vieille.

– « À mon cousin Nathaniel Frusquet, je lègue mon vase en cristal en souvenir de toutes ces horribles fleurs qu'il s'obstinait à m'envoyer le 4 janvier alors que mon anniversaire tombe le 8 février. »

Béatrice Coulomb fut prise d'un fou rire nerveux. M. Frusquet devint rouge écarlate et le notaire craignit un instant qu'il ne fasse une crise cardiaque. Alfred jeta un mauvais regard aux pauvres demoiselles Grandier.

— « À mes cousines germaines Gretchen et Heidi Grandier, je lègue mes albums de photos et... »

Mᵉ Beaulieu s'offrit le plaisir de laisser sa phrase en suspens quelques secondes.

— « ... et mon collier en perles ainsi que mes boucles d'oreilles en or. »

Un silence suivit. Puis la tourmente éclata.

— Quoi ? Et la maison ? Et le pognon ? hurla Alfred. Elle m'avait promis la maison ! D'ailleurs, je peux le prouver ! J'ai des témoins !

— Tu parles ! grinça Béatrice. Elle t'a toujours détesté ! Je suis sûre qu'il y a un autre testament...

— Non, madame, dit le notaire.

— C'est ridicule ! protesta M. Frusquet. J'ai... parfaitement ! j'ai en ma possession une lettre où elle me remercie pour... pour les fleurs et c'est tout à fait clair qu'elle voulait me léguer le domaine !

— Une lettre ! ricana Alfred. Montre-la donc !

— Elle... elle est restée chez moi mais je vais la retrouver, ça, je vais la retrouver !

— À moi aussi, elle a écrit ! dit Béatrice en bondissant de sa chaise.

— Je vais faire un procès ! cria Alfred.

— C'est ce qu'on va voir ! répondit Nathaniel.

— Moi aussi ! Moi aussi ! répéta obstinément Béatrice.

Mᵉ Beaulieu leva un doigt pour demander la parole. Bien inutilement car personne n'était disposé à l'écouter. Il posa un regard attendri sur la vieille dame que rien, décidément, ne semblait pouvoir réveiller. Les cousins en colère se précipitèrent vers la sortie, s'injuriant les uns les autres et se promettant des procès des plus sanglants. Aucun d'eux ne fit attention à la petite fille qui attendait sagement, les mains croisées sur les genoux.

Il ne restait plus que les deux sœurs Grandier et le notaire dans le bureau.

— Mademoiselle…

— Heidi, répondit la vieille dame. Je suis obligée de patienter un peu parce que ma sœur… Gretchen est narcoleptique. Elle s'endort n'importe où et n'importe quand.

– Je vois, dit le notaire. Eh bien, puisqu'il n'y a plus que vous… Vos… cousins ne sont pas très… enfin… j'ai vu pire. Mais ils n'auraient pas dû partir si vite. Car il y a tout de même quelque chose que je me dois de dire. En France, on ne peut pas déshériter les héritiers réservataires, dans le cas présent, la petite-fille de Mme d'Avillon-Faucher. La maison, l'argent, les biens mobiliers… appartiennent de droit à cette petite fille. Hum… Onze ans, je crois. Il va lui falloir un foyer…

Me Beaulieu regarda Heidi avec insistance. Mais la vieille dame ne semblait pas comprendre l'allusion.

– Un tuteur… Ou une tutrice… qui aura le droit de gérer la fortune sous contrôle du juge des tutelles… Et la jouissance de la maison…

Gretchen se redressa brusquement et éternua.

– C'est fini ?

– Oui, Gretchen. Je pense que Me Beaulieu vient de me demander d'élever la gamine.

– Qui ? demanda sa sœur.

– Mélaine, répondit le notaire. Mélaine Courrières.

– La fille de Louise, précisa Heidi.

La porte du bureau était restée ouverte. En entendant son nom, Mélaine pensa qu'on l'appelait enfin. Elle se leva et entra dans la pièce. Gretchen poussa un cri d'horreur.

– Qu'est-ce que c'est que cette chose ? Dieu, qu'elle est laide !

Mélaine observa la vieille dame et pensa que, avec ses rides et ses cheveux tirés, elle ne valait pas beaucoup mieux qu'elle.

– Vous ne croyez quand même pas que je vais ramener ça chez moi ? reprit Gretchen. Il n'y a que de jolies choses dans mon appartement !

– Dans *notre* appartement, corrigea Heidi.

– Vous pouvez la garder dans sa maison, répondit Me Beaulieu. Et l'élever avec *son* argent…

– Ici ? s'exclama Gretchen. Je préférerais vivre dans un caveau de famille ! Cette maison est hideuse ! Combien ?

– Pardon ?

— Vous avez bien parlé d'argent, non ?

— Je ne sais pas, dit le notaire. Étant donné l'importance de la fortune d'Avillon-Faucher, vous aurez sans doute affaire à un juge administratif en plus du juge des tutelles. Mais si vous ne voulez pas de Mélaine, je peux demander à vos cousins. Ils avaient plutôt l'air d'aimer la maison, eux.

— Ces abrutis ? répondit Gretchen. Déjà qu'elle est laide, vous voulez aussi que cette gosse devienne idiote ?

— Écoutez, je ne sais pas ! s'écria Mᵉ Beaulieu, exaspéré. Faites ce que vous voulez !

— On ne va pas l'envoyer à l'orphelinat, quand même ? demanda Heidi. Pauvre enfant !

Heidi recoiffa ses cheveux gris d'un geste machinal, un tic qui la trahissait quand elle était nerveuse.

— Ça va, j'ai compris ! dit Gretchen. Eh bien, l'empotée, va faire ta valise ! Mais je te préviens ! Interdiction de me faire rire !

Gretchen regarda le visage blanc de Mélaine puis haussa les épaules.

— Bah, pas de risque ! Elle est triste comme un jour sans pain.

— Pourquoi ? dit Mélaine. Pourquoi je dois pas vous faire rire ?

— Tiens, elle parle ! Si je ris, je tombe en cataplexie. Et interdit aussi de me faire peur ! Bouge-toi !

Mélaine obéit sans demander ce qu'était la cataplexie. Elle chercha Brigitte pour l'aider à faire sa valise. On l'avait toujours traitée comme un paquet de linge sale, elle n'était pas dépaysée.

2

Photos et Belle-Manière

Assise à l'arrière de la Twingo des sœurs Grandier, Mélaine regardait Brigitte fermer la maison. Les volets en fer étaient déjà clos. Tout ce qu'elle avait connu jusqu'à présent disparut au détour de la route.

Les sœurs parlaient entre elles. Exclue, comme toujours, Mélaine choisit de s'endormir. Quand elle se réveilla, la voiture était garée dans un sous-sol. Elle ne vit rien de l'environnement. Elle suivit les sœurs comme un fantôme. Heidi l'installa dans un bureau où il y avait un canapé-lit.

– J'espère que tu n'es pas allergique aux chats, dit Heidi.

– Je ne sais pas, répondit Mélaine.

Les chats en question pointèrent le bout de leur museau dans la pièce. Mélaine les regarda, la grosse chatte pleine de poils gris et noirs et la plus petite blanc et roux.

— Qu'est-ce que tu veux pour dîner ?

— Je ne sais pas, répondit Mélaine qui s'intéressait beaucoup aux chattes.

— Qu'est-ce que tu aimes ?

Mélaine ouvrit de grands yeux interrogateurs. Personne ne lui avait jamais demandé ce qu'elle aimait manger. Heidi soupira.

— Du poulet ? Avec des pommes de terre sautées ?

— Oui, madame.

— Heidi... Appelle-moi Heidi.

— C'est quoi, le nom des chats ?

— Pocahontas, c'est la rousse. L'angora, c'est Belle-Manière. Tu peux caser tes affaires dans ce placard. Heu, bon. La salle de bains est au bout du couloir.

Heidi sortit pour s'occuper du dîner. Belle-Manière sauta sur le canapé puis posa une patte sur les genoux de Mélaine. Après une courte hésitation, la petite fille tenta une caresse. Belle-Manière se coucha près d'elle. Mélaine sourit. Elle avait au moins une amie dans la maison.

Gretchen avait un solide appétit. Mélaine la regarda engloutir les deux cuisses du poulet avec stupéfaction.

— Tu n'as pas faim ? demanda Heidi.

— J'ai assez mangé.

— Allons bon ! s'écria Gretchen. Pas étonnant qu'elle soit maigre comme un clou ! Si tu veux pousser, il faut te nourrir ! Non mais, tu t'es vue ?

— Je suis laide, dit Mélaine sur le ton de la constatation.

— Ça s'arrangerait si tu grossissais un peu ! répondit Gretchen.

Mélaine ne croyait pas que les kilos puissent arranger quoi que ce soit. Quand on est laid, on le reste.

— Il y a beaucoup de photos ici, remarqua-t-elle.

— Nous sommes photographes, dit Heidi en souriant. Nous avons fait quatre fois le tour du monde ! Tu vois celle-là, le tigre qui attaque un buffle ? Elle a été publiée dans le *National Geographic* !

Mélaine n'avait aucune idée de ce qu'était le *National Geographic* mais elle supposa, à voir l'air satisfait d'Heidi, que ça devait être très important.

– Quel souvenir ! poursuivit Heidi. C'est Gretchen qui a pris cette photo. Mais elle a eu tellement peur qu'elle est tombée en cataplexie juste après ! J'ai eu peur moi aussi. Mais je ne suis pas narcoleptique.

Mélaine apprit ensuite que la narcolepsie était une maladie des troubles du sommeil et que la cataplexie en était une conséquence. Gretchen pouvait s'effondrer à tout moment, incapable du moindre mouvement sans pour autant perdre conscience. Gretchen était du genre têtu et elle avait décidé que sa maladie ne l'empêcherait pas de vivre comme elle l'entendait.

– Les crises de fou rire, c'est le pire, dit Gretchen. Ça peut me terrasser en une minute.

– Quelle est ta photo préférée ? demanda Heidi.

Mélaine songea qu'elle devait dire que c'était le tigre pour lui faire plaisir. Mais elle n'était pas menteuse. Elle pointa le doigt vers le mur qui lui faisait face.

— Celle de Belle-Manière dans les fleurs.

— Ça ? protesta Gretchen. Ça vaut pas un kopeck, c'est juste notre chatte !

Heidi sourit et hocha la tête.

— Ne l'écoute pas. Tu as le droit d'aimer ce que tu veux.

Et Mélaine pensa que ce qu'elle aimait, c'était Belle-Manière, la patte posée sur son genou.

Le lendemain matin, Mélaine mit son uniforme pour aller au collège. Gretchen était déjà levée. Elle était insomniaque par périodes, une autre conséquence de la narcolepsie. Quand Mélaine parut sur le seuil de la cuisine, Gretchen poussa un hurlement d'effroi.

— Qu'est-ce que c'est que cette horreur ?

— C'est moi, répondit Mélaine qui avait pris l'habitude d'être traitée d'horreur par la vieille dame.

— Mais non ! ÇA ! ÇA ! Cette chose bleu marine et informe !

— Mon uniforme ? C'est l'uniforme de mon collège.

Gretchen resta muette quelques secondes. Le collège. Il fallait emmener la gamine au collège !

— Il n'en est pas question, dit Gretchen. Je refuse absolument que tu ailles dans une école où on t'oblige à porter des vêtements qui sont une injure au bon goût ! Et de toute façon, on va pas faire cent kilomètres pour t'y conduire ! Enlève-moi ces oripeaux que je les brûle ! Heidi ! Heidi ! Il faut trouver un collège pour Mélaine !

Heidi sortit de sa chambre en traînant les pieds. Elle n'était pas du matin.

— Pour quoi faire ? demanda-t-elle en bâillant.

Gretchen se retourna vers la petite fille.

— Ben oui, au fait ! Pour quoi faire ?

— Parce que tous les enfants vont à l'école ? répondit Mélaine après une hésitation.

— Ridicule ! dit Gretchen. Pour qu'on te bourre le mou avec un tas d'absurdités qui ne te serviront jamais dans la vie !

Gretchen décida qu'elle lui ferait les cours elle-même. Tout comme elle décida que tous les vêtements de Mélaine étaient monstrueux et qu'il fallait acheter des jeans et des baskets et peut-être même une casquette avec Tintin dessus. Mélaine la regarda jeter ses jupes plissées, ses chemisiers blancs, ses cardigans marine et ses souliers vernis. Elle fut ensuite traînée dans tous les magasins de la ville pour finir dans un fast-food où elle mangea un hamburger pour la première fois de son existence.

– Une bonne chose de faite, déclara Gretchen. Maintenant, les nourritures de l'esprit ! On va à la librairie du Centre.

Mélaine s'attendait à ce qu'on achète des livres de classe. Heidi empila vingt-cinq bandes dessinées de tout genre sur le comptoir et Gretchen fit une razzia dans le rayon de littérature pour la jeunesse. Et pour faire bonne mesure, elle ajouta une encyclopédie sur les oiseaux européens.

Mélaine passa le reste de l'après-midi, Belle-Manière sur les genoux, à écouter les deux sœurs Grandier parler des merveilles du monde en regardant des cassettes du *National Geographic*.

Au dîner, elle dévora son escalope de veau à la normande et reprit trois fois de la tarte aux pommes.

Quand elle s'endormit, Belle-Manière blottie dans ses bras, Mélaine avait un sourire sur les lèvres et un peu de rose sur les joues. Elle rêva de tigres et de faucons. Et de sa casquette Tintin.

Les sœurs Grandier n'étaient pas aussi fantasques qu'on aurait pu le supposer. Elles avertirent le collège que Mélaine ne reviendrait plus. Gretchen établit un programme qui comportait des maths, du français et des langues étrangères. Heidi prit un abonnement à la bibliothèque et un autre à la piscine. Mélaine ne savait pas nager ce qui désolait Heidi au plus haut point.

Me Beaulieu reprit contact pour leur remettre les albums de photos et les bijoux de Mme d'Avillon-Faucher. Il raconta en riant que les « chers cousins » avaient été envoyés sur les roses par tous leurs avocats. Aucun d'eux ne pouvait faire la preuve de quoi ce soit. L'héritage leur passait sous le nez.

Puis, il fallut rencontrer le juge des tutelles.

Les deux sœurs présentaient bien. Mme le juge les accueillit avec bienveillance. Elle avait quarante dossiers délicats en attente sur son bureau et n'avait pas de temps à perdre avec le cas Mélaine Courrières. Elle donna son aval pour la garde et renvoya le dossier au juge administratif pour la gérance de la fortune. Mais elle passa tout de même un petit moment en tête à tête avec Mélaine.

— Tu es bien avec les demoiselles Grandier ? lui demanda-t-elle.

— Oui, madame.

— Tu peux m'en dire plus ? Personne ne saura, c'est entre toi et moi.

Mélaine réfléchit. Gretchen l'avait avertie qu'elle risquait de finir à l'orphelinat si Mme le juge n'était pas convaincue de ses réponses.

— Je commence à nager avec la planche, dit Mélaine. Et j'aime beaucoup Belle-Manière. Et mes baskets rouges.

Mme le juge apprit que Belle-Manière était une chatte très gentille, que Heidi avait offert à

Mélaine un petit appareil photo avec un zoom pour photographier les animaux au zoo, samedi prochain. Mélaine savait dire « *une tasse de thé, s'il vous plaît* » en anglais, en italien et en espagnol. Et aussi « *mon chameau a soif* » en arabe.

Dimanche, elle allait au planétarium, parce que Gretchen pensait que, étudier l'astronomie, c'était la meilleure façon de comprendre à quoi servaient les mathématiques, la physique et la poésie.

Le sourire de Mme le juge s'épanouissait au fur et à mesure que Mélaine parlait. Il y avait tellement de familles brisées et d'enfants désespérés qui passaient dans son bureau que ça lui faisait du bien de voir cette petite fille avec les mains pleines de feutre « *parce que Heidi m'a montré comment on dessine les chats* ». Ce fut donc sans inquiétude aucune que Mme le juge laissa repartir Mélaine avec ses deux tutrices. Et sans savoir que Mélaine n'allait plus à l'école.

Gretchen tenait le sautoir en perles du bout des doigts.

— Qu'est-ce qu'on va faire de ça ? Les perles, ça fait vraiment mémé !

— Et qu'est-ce que tu crois que tu es ? répondit Heidi. Tu as soixante-six ans, je te rappelle !

— Je ne suis pas une mémé pour autant ! Les boucles d'oreilles, bof, elles ne sont pas si mal. On n'a qu'à les garder pour Mélaine. Si elle en veut !

— Ça m'étonne que Clarisse nous ait laissé quelque chose… remarqua Heidi. Je veux dire, quelque chose de valeur ! Et même, je trouve que c'était une gentille intention de nous léguer les albums de photos.

Gretchen jeta le collier sur la table et attira vers elle les trois gros albums en cuir craquelé. Pocahontas se précipita sur le collier et commença à jouer avec.

— Hé bé ! En voilà des tas de vieilleries ! dit Gretchen en ouvrant le premier. Ça remonte avant 1900, ma parole !

— Pocahontas ! s'écria Heidi. Mais laisse ça, ce n'est pas une souris !

Heidi récupéra les perles et les boucles avant qu'elles ne disparaissent sous le buffet.

— C'est intéressant, malgré tout, admit Gretchen en feuilletant les pages. Des photos de famille... Tiens, ça, c'est le père de Clarisse ! Mélaine a son regard.

— Pas du tout, répondit Heidi. Mélaine a les yeux de sa mère.

— Je te parle du regard ! Cette façon de fixer droit les gens ! Il me terrorisait quand j'étais petite, le bonhomme ! Oncle Victor ! Impensable que maman ait pu être la sœur de cette espèce de... Ah, tu es là, Mélaine ?

Collée contre le mur du couloir, Mélaine eut un sursaut. Elle se sentait prise en faute sans trop savoir pourquoi.

Heidi lui fit signe d'approcher.

— Tu as déjà regardé ces albums ?

— Non. Ils étaient dans la chambre de grand-mère et je n'avais pas le droit d'y entrer.

— Viens voir. Ça, c'est ton arrière-grand-père Victor d'Avillon.

— Une espèce de quoi ? demanda Mélaine.

— Sale type, répondit Gretchen. Il était odieux avec tout le monde. Il enfermait Clarisse dans le cellier pour la punir. Et il la battait avec sa ceinture. Ta grand-mère n'était pas la meilleure personne du monde mais elle avait des circonstances atténuantes. Son enfance n'a pas été des plus gaies, je te le garantis !

Mélaine n'aimait pas du tout l'idée d'avoir le regard d'un sale type. Son visage se ferma. Heidi était plus fine que sa sœur sous bien des rapports. Elle passa son bras autour de la taille de la petite fille.

— Tu ne lui ressembles pas. Une photo, c'est souvent trompeur.

— J'ai les yeux de ma maman, hein ? demanda Mélaine.

— Bien sûr, répondit Heidi.

— Elle aussi, elle était laide, alors.

Heidi ne s'attendait pas du tout à ça et ne sut quoi dire. Gretchen prit le relais avec plus de subtilité qu'à l'accoutumée.

— Oui, en effet. Notre nièce Louise… ta maman, était une gosse aussi maigre que toi, avec les yeux enfoncés et le nez invisible ! Même avec de la bonne volonté, il était difficile de lui trouver du charme ! Mais l'adolescence vous joue de drôles de tours... Son nez s'est allongé, imagine-toi ! À tel point qu'on ne voyait plus que ça dans sa figure toute fine ! Ah ! Ce n'était pas beaucoup mieux. Et puis, une vraie girafe ! Que dis-je ! Un poteau télégraphique ! À quinze ans, elle était toujours aussi plate. Je n'aurais pas parier deux sous sur elle. Eh ben, crois-le ou non, à vingt ans, c'était la plus jolie fille de la région. Elle s'était, comment dire ? épanouie. Comme une jacinthe. Une jacinthe, y a rien de plus moche, ce gros bulbe qui sort de terre... Et puis, tout d'un coup, ça fleurit et c'est ravissant.

— Je vais fleurir, moi aussi ? demanda Mélaine.

— Rêve pas, répondit Gretchen.

— Gretchen ! protesta Heidi. Elle se moque de toi. Bien sûr que tu vas fleurir, toi aussi.

— Y a des plantes à floraison tardive, dit Gretchen. Je crains que tu n'en aies encore pour dix ans à être laide. Faut faire avec.

— Ben, c'est pas grave... Je fais avec depuis plus longtemps que ça.

Un peu machinalement, Mélaine ouvrit l'album en cuir brun. Des articles de journaux, en désordre, étaient empilés, écrasés depuis des années entre les pages. Elle n'eut pas le temps d'en voir plus. D'un geste brusque, Heidi avait refermé l'album.

– Bon, ce n'est pas tout ça ! déclara-t-elle. C'est l'heure du dîner !

Elle mit l'album sous son bras et se leva comme si de rien n'était. Elle ne prit pas la direction de la cuisine mais celle de sa chambre. Quand elle en ressortit, elle n'avait plus l'album. Mélaine n'osa pas poser de questions.

Mais elle avait vu l'expression de surprise sur le visage de Heidi et le regard rapide qu'elle avait jeté à sa sœur. Gretchen avait baissé la tête.

La maison était silencieuse. Gretchen avait pris des somnifères et elle dormait. Belle-Manière lécha la main de Mélaine. La petite fille s'assit dans son lit. Elle était tourmentée par cette histoire de regard. Elle se décida. Sans faire de bruit, elle alla jusqu'au salon, suivie par la fidèle Belle-

Manière. Elle alluma une lampe et ouvrit la porte du buffet où Heidi avait rangé les deux albums. Elle retrouva la photo de Victor d'Avillon et l'étudia avec la loupe que les sœurs utilisaient pour trier leurs diapositives. Avait-elle vraiment le même regard ? Elle n'arrivait pas à savoir. Elle tourna les pages à la recherche d'autres clichés de son arrière-grand-père. Elle s'arrêta sur une page.

La photo d'un jardin et d'une maison inconnue en arrière-plan. Deux petites filles assises. La première semblait avoir une dizaine d'années. Mélaine reconnut sa grand-mère Clarisse. Malgré son jeune âge, elle paraissait déjà vieille tant son expression était sévère. L'autre fillette n'avait pas plus de cinq ou six ans. Elle avait de longs cheveux qui descendaient jusqu'à la taille. Les yeux. Enfoncés, sombres et pénétrants. Le regard.

« *Mon regard* », pensa Mélaine.

Autour du cou de la petite fille pendait un médaillon en forme de cœur.

« *Mon médaillon.* »

Ou plutôt, LE médaillon complet, intact. Le bijou volé sur le cadavre de grand-mère. À son arrivée, Mélaine l'avait caché tout au fond de son placard. Elle ne savait pas trop pourquoi elle avait fait ça. Elle avait un peu peur de le porter. Elle avait surtout peur des questions. Elle n'était pas douée pour le mensonge et elle ne voulait pas que Brigitte ait des ennuis.

Il y avait quelque chose de gravé sur le médaillon. Ce n'était pas facile de voir ce que c'était exactement. Avec la loupe, et à force d'entêtement, Mélaine finit par deviner une lettre dans les entrelacements décoratifs.

C'était un M.

3

Mélaine, Mélanie

Au petit déjeuner, Mélaine demanda qu'on lui parle de sa maman. En fait, les deux sœurs avaient peu d'information. Elles ne fréquentaient guère la famille, en dehors des enterrements... Louise ne s'entendait pas avec sa mère et était partie très tôt. Elle s'était mariée, assez tardivement, avec Philippe Courrières. D'où il sortait, celui-là, on ne savait pas. Et puis, il y avait eu ce tragique accident de voiture...

— On meurt jeunes dans cette famille, soupira Heidi. Ton grand-père... Crise cardiaque. Et Clarisse... Rupture d'anévrisme à soixante-huit ans, c'est dur.

— Je n'ai pas l'intention de mourir jeune, dit Gretchen. Et d'ailleurs, ce vieux salo… le grand-oncle Victor, il est mort à quatre-vingts ans passés ! La méchanceté, ça conserve !

— Tu as toutes tes chances, dans ce cas, répondit Heidi.

Mélaine plongea la main dans la poche de son jean. Elle en sortit le petit cœur brisé et le posa sur la table.

— C'était à grand-mère, expliqua-t-elle. C'est la bonne qui me l'a donné.

Elle observa attentivement leurs réactions. Mais il ne se passa rien. Alors, elle alla chercher l'album et leur montra la photo.

— C'est le même, dit-elle, le doigt pointé. Sauf qu'il n'est pas cassé. Là, je sais que c'est grand-mère. Qui est la petite fille au médaillon ?

— Ah, mon Dieu ! soupira Heidi. J'aurais préféré qu'on évite le sujet…

— Allons donc ! s'exclama Gretchen. Qu'est-ce que tu veux que ça lui fasse ? Ce sont des histoires d'un autre temps… Ça n'a plus d'importance. C'est… C'était ta grand-tante. La sœur de Clarisse.

— Elle est morte, je suppose, dit Mélaine.

— On l'ignore, répondit Gretchen. Elle a disparu.

Heidi se leva et alla dans sa chambre. Elle revint avec le troisième album et l'ouvrit. Les articles de journaux étaient tellement vieux qu'ils tombaient en poussière dès qu'on les touchait. Heidi réussit tout de même à en déplier un.

— 6 août 1946, lut Mélaine.

— Oui, dit Heidi. L'été 46… Ta grand-tante Mélanie a disparu. Des jours et des jours durant, on l'a cherchée. On a dragué la rivière, on a interrogé des dizaines de personnes, on a attendu une demande de rançon… Rien. On ne l'a jamais retrouvée. Elle avait sept ans.

— J'aurais jamais cru que Clarisse avait gardé tout ça… remarqua Gretchen. Ces articles de journaux… C'est sinistre.

— Ce n'est peut-être pas elle, répondit Heidi. Elle avait l'âge de Mélaine, à l'époque. Je crois plutôt que ce sont ses parents. La pauvre

Suzanne… Leur maman. Elle ne s'est jamais remise de la disparition de sa petite fille chérie. Elle s'est laissée mourir de chagrin. Je crois que le pire, c'est de ne pas savoir ce qui s'est passé. Un accident ? Un enlèvement ?

— Mélanie. C'est comme mon nom. On a juste déplacé le « i ».

— C'est vrai… dit Gretchen. Je n'y avais jamais songé. C'est curieux que ta maman t'ait appelée comme ça.

— Peut-être une idée de Clarisse, suggéra Heidi.

— Ça m'étonnerait ! Louise ne voyait plus sa mère ! Et je ne pense pas que Clarisse parlait de sa sœur à qui que ce soit. En tout cas, je ne l'ai jamais entendue mentionner son nom !

— Elle était comment, Mélanie ? demanda Mélaine.

— Tu sais, nous étions très petites à l'époque, répondit Heidi. Honnêtement, je ne me souviens pas d'elle. Je ne connais l'histoire que parce que nos parents nous l'ont racontée. Enfin, sur-tout notre mère, Albertine. C'était sa nièce, tu comprends, et je crois qu'elle l'aimait beaucoup. Elle disait que Mélanie était un rayon de soleil dans cette famille. Une fillette toujours gaie, et puis jolie comme tu peux le voir sur la photo.

Gretchen ramassa le cœur sur la table.

— C'est très intrigant, cet objet, remarqua-t-elle. Regardez... D'abord, il en manque la moitié. Et puis, il a dû être écrasé ou quelque chose... Comme si on avait marché dessus. Ta grand-mère le gardait ?

— Elle le portait caché sous ses vêtements, répondit Mélaine.

— Un souvenir... dit Heidi. C'est triste. Tout ce qui lui restait de sa sœur. Clarisse avait peut-être plus de chagrin qu'on aurait pu le supposer. Étant donné son caractère peu... sentimental.

Gretchen poussa alors une exclamation qui fit si peur à Pocahontas qu'elle fila sous le buffet.

— Mais, mais ! Comme tu dis ! Elle n'était pas sentimentale ! Au point de se marier avec le sieur Faucher pour ne pas avoir à s'occuper de son père ! Personnellement, je ne peux pas la blâmer, ce vieux sal... Mais, dans le coin, il y avait beaucoup de gens pour médire sur son compte. Ce n'est pas à ça que je voulais en venir. Heidi ! La maison !

— Quoi, la maison ? fit Heidi qui ne comprenait rien.

— Mais celle-là, voyons ! Le manoir d'Avillon !

Gretchen tapa du doigt à plusieurs reprises sur la photo. Heidi fronça les sourcils puis se lissa les cheveux.

— Il a été vendu à la mort de Victor, non ?

Et Gretchen s'effondra, la tête sur la table.

— Ne t'inquiète pas, dit Heidi à Mélaine. C'est une crise de cataplexie. Gretchen nous entend mais elle n'a plus de tonus musculaire. Ça va passer. C'est l'émotion. Quoique je ne sache vraiment pas ce qui a pu déclencher ça !

Au bout de quelques minutes, Gretchen se redressa. Heidi lui servit une tasse de thé pour l'aider à se remettre.

— J'espère que je ne t'ai pas trop affolée, dit Gretchen à Mélaine. De toute façon, il vaut mieux que tu t'habitues ! Où en étions-nous ?

Ah, oui ! La maison. Clarisse ne l'a pas vendue ! Enfin rappelle-toi, Heidi ! À l'enterrement de son père, Clarisse a fait fermer la demeure. Je crois bien qu'elle en a jeté la clé !

Heidi ouvrit de grands yeux. Vendue ou non, quelle importance ? Ça ne méritait pas de tomber en cataplexie !

— T'es bouchée ou quoi ? reprit Gretchen. Et l'héritage de la petite ? Me Beaulieu nous a fait l'inventaire et il n'a jamais mentionné le manoir d'Avillon !

— C'est parce que j'ai raison ! Il a été vendu !

— Je suis sûre que non, répondit Gretchen. Téléphone ! On va demander une recherche au notaire. Après tout, c'est son boulot.

Me Beaulieu fut un peu surpris. Dans tous les documents en sa possession, il n'y avait nulle part un titre de propriété concernant un manoir. Mais il concéda que ce genre de choses pouvait arriver. Il promit de rappeler dès qu'il aurait tiré l'affaire au clair.

— Je me demande… dit Heidi, je me demande si les cousins n'en avaient pas après le manoir d'Avillon et non pas, comme nous l'avons cru, après la maison Faucher.

Gretchen approuva. La grosse villa en brique rouge avait certainement de la valeur mais le manoir datait du XVIIIe siècle et c'était un beau morceau d'architecture. Il y avait aussi le terrain. De plus, il était bien possible que Clarisse leur ait promis, chacun à leur tour ! de leur léguer le manoir. Grand-mère Clarisse n'était assurément pas du genre fantaisiste mais elle avait la rancune tenace et un bon fond de méchanceté. Les « chers cousins » avaient toujours été les premiers à médire sur son compte et elle ne l'ignorait pas. Petite vengeance posthume…

Mélaine avait vécu auprès d'une personne qu'elle commençait à peine à découvrir. Elle apprit que sa grand-mère avait épousé Joseph Faucher par intérêt. C'était un homme riche, assez laid, d'une intelligence moyenne. Il était faible et plutôt gentil. Clarisse était une maîtresse femme et n'avait pas tardé à l'écraser complè-tement. Les sœurs ne pensaient pas que Joseph avait été très heureux en ménage. Mais il y avait sa fille Louise, qu'il adorait. Son départ de la maison l'avait anéanti. Il n'était plus que l'ombre de lui-même.

Quand Louise se tua en voiture, il fut définitivement terrassé. Heidi se souvenait de Joseph à l'enterrement, un homme vieux avant l'âge et secoué de sanglots. Clarisse n'avait pas versé une larme. La dernière image que les sœurs avaient gardé de Joseph était celle d'un pauvre vieillard tremblant agitant un ours en peluche au-dessus d'une poussette. Dans la poussette, il y avait Mélaine. Heidi était sûre que la petite fille avait été la seule joie de sa fin de vie.

Me Beaulieu rappela le lendemain. Il ne lui avait pas fallu longtemps. Le manoir d'Avillon n'avait jamais été vendu. Il faisait donc partie de l'héritage de Mélaine. Concrètement, cela signifiait qu'il allait falloir prélever davantage d'argent sur la fortune de Joseph Faucher pour payer les impôts. Le notaire rassura les sœurs : il y avait largement assez de liquidités sur le compte. Il se confondit en excuses, ayant le sentiment de ne pas avoir fait son travail correctement. Ce n'était pas tout à fait sa faute : Clarisse d'Avillon-Faucher ne lui avait rien dit. C'était même étonnant. Elle était parfaitement saine d'esprit, elle ne pouvait pas avoir simplement « oublié ». Comme si elle avait voulu rayer la maison familiale de sa mémoire.

Mélaine voulait voir son manoir. Elle adorait ce mot. « Manoir », c'était plein de promesses, plein de mystère. Elle venait de lire douze *Club des cinq* d'affilée (pris à la bibliothèque). Elle était persuadée qu'il devait y avoir des passages secrets et des souterrains et sans doute un trésor, dans son manoir. Heidi n'était pas sûre pour les escaliers dérobés mais elle savait qu'il y avait un cellier où l'horrible Victor enfermait les enfants pas sages.

Le manoir n'était distant que d'une trentaine de kilomètres de la maison Faucher, ce qui faisait une bonne centaine de kilomètres de la ville. Les sœurs n'avaient plus revu le manoir depuis l'enterrement de Victor en 1987. Dans quel état était-il ? Les bâtiments se détériorent vite quand ils sont inhabités.

Elles profitèrent d'un jour ensoleillé pour voyager. Mélaine était très excitée.

Elle parlait tout le temps. Heidi l'observait dans son rétroviseur. Où était passée la petite fille blême et inexistante qui leur avait été confiée ? Les enfants s'épanouissent quand on les arrose avec un peu d'amour et d'attention. « *Une jacinthe en fleur* », pensa Heidi en souriant.

Elles déjeunèrent dans un joli village. Gretchen voulut prendre quelques clichés de l'église. Mélaine protesta, elle avait hâte d'arriver ! Mais quand on vit avec des photographes, il faut bien accepter leur manie de vouloir tout photographier. Elle fut gâtée : les sœurs s'arrêtaient à tous les tournants. Là, parce qu'il y avait de beaux arbres, ici à cause du point de vue… Mélaine avait l'impression d'avancer à reculons.

Et puis, soudain, on y était. Après quelques hésitations, Heidi retrouva la route qui menait au manoir d'Avillon. Il se terminait devant une grande grille. Enfoncé dans un bois, on apercevait l'ancien pavillon de chasse. Quant au manoir lui-même, on ne pouvait en deviner que la silhouette sombre entre les arbres.

Gretchen descendit de la Twingo et secoua la grille. Elle n'était pas verrouillée mais ne s'ouvrit que d'une quarantaine de centimètres.

— Ça ne fait rien, dit Heidi. Laissons la voiture ici et continuons à pied.

Elles n'avaient pas les clés de la maison. Personne ne savait où elles étaient. Elles devraient se contenter de faire le tour du propriétaire, du moins pour le moment.

Mélaine se glissa sans peine entre les battants de la grille.

— C'est chez moi ! s'exclama-t-elle, joyeusement, en s'élançant sur le chemin sinueux.

Heidi, qui n'était pas toute mince, avait quelques difficultés à entrer. Gretchen l'attendait. Si bien que Mélaine arriva seule devant le pavillon de chasse. Et se retrouva nez à nez avec une sorcière armée d'un fusil. Elles poussèrent un hurlement de concert.

— Au secours ! cria Mélaine.

— Le fantôme ! cria la sorcière.

Puis elles se turent et se dévisagèrent l'une l'autre. La sorcière avait des yeux sombres noyés dans les rides, de longs cheveux blancs séparés en deux tresses. Elle portait une robe noire rapiécée avec un tablier qui avait peut-être été blanc.

Les sœurs Grandier accoururent, affolées par tous ces cris.

— Qui êtes-vous ? demanda Gretchen. Et qu'est-ce que vous faites avec ce fusil ?

La vieille femme se mit à trembler. Elle ne quittait pas Mélaine des yeux.

— Pitié… gémit-elle. Je dirai des prières pour votre âme… Ne me faites pas de mal…

— Personne ne vous veut de mal, dit Heidi doucement.

La vieille sembla enfin s'apercevoir de leur présence.

— Vous êtes des fantômes, vous aussi !

— Quoi ? fit Gretchen. Mais pas du tout ! Est-ce qu'on a l'air de fantômes, franchement ! Et puis, baissez cette arme, vous allez finir par blesser quelqu'un !

— Mais… C'est bien elle ! répondit la vieille, le doigt pointé vers Mélaine. Vous croyez que vous pouvez me tromper ! Aïe, aïe, aïe ! C'est le diable qui m'envoie la confusion dans ma tête !

— Je ne sais pas si c'est le diable qui vous rend si confuse, dit Gretchen en s'emparant du fusil… Vous allez nous expliquer ce que vous faites là, oui ?

— C'est le fantôme qui veut me punir… gémit la vieille femme. Que je devienne folle…

— Il n'y a pas de fantôme ici, répondit Gretchen en détachant tous les mots.

— Si ! Je l'ai vu ! Je l'ai vue si souvent, la petite…

— Elle me prend pour Mélanie, dit brusquement Mélaine. Madame, regardez-moi bien. Moi, je suis laide.

La vieille la regarda attentivement d'un air peu convaincu. Mélaine pensa, avec une certaine satisfaction, qu'elle ne devait pas être si laide en fin de compte.

— Peut-être… Qu'est-ce que vous faites ici ? C'est une propriété privée !

— Ça, c'est la meilleure ! s'exclama Heidi. Évidemment que c'est une propriété privée ! Elle appartient à cette jeune demoiselle !

— Je le sais ! répondit la vieille. Je l'ai vue si souvent...

— Holà ! dit Gretchen. C'est reparti pour un tour ! Madame, cette enfant est la petite-fille de Clarisse d'Avillon-Faucher qui est morte il y a un mois. C'est son héritière, vous comprenez ?

— Oui, elle est morte. Ils sont tous morts ! Mais elle, elle rôde toujours...

À force de patience, Heidi et Gretchen réussirent enfin à lui faire entendre raison. La vieille s'appelait Odette Galois. Elle avait été la nurse de Clarisse et de Mélanie. C'était elle qui s'était occupée de Victor jusqu'à son décès. Clarisse lui avait laissé la jouissance du pavillon de chasse. Odette n'avait que peu d'économies et elle avait très peur d'être mise à la porte.

— Mais le monsieur m'a promis que je pouvais rester ! C'est vrai, hein ?

— Quel monsieur ? demanda Gretchen.

— Ben, celui qui devait avoir la maison ! Il est venu avant l'enterrement de Mme Clarisse.

La description que leur donna Odette du « monsieur » ne pouvait laisser aucun doute. C'était le cousin étriqué, Nathaniel Frusquet.

— Quel culot ! tempêta Gretchen. Vous imaginez ça ? Il est venu visiter « son héritage » avant même que Clarisse ne soit mise en terre ! Estimez-vous heureuse qu'il n'ait pas eu le manoir, Odette. Croyez-moi, il n'aurait pas hésité un quart de seconde à vous jeter dehors !

Mélaine prit la main tremblotante de la vieille femme.

— Vous n'avez rien à craindre. Moi, je veux bien que vous restiez.

Les larmes mouillèrent les yeux d'Odette.

— Vous êtes comme elle… murmura-t-elle. Elle était si gentille…

— C'est vrai qu'il y a un fantôme ? demanda Mélaine.

— Mais non ! s'écria Gretchen.

— Mais si ! répondit Odette. Elle est là, la petite. Et je l'entends pleurer, les nuits d'orage…

Je voudrais la consoler... J'aurais tant voulu la consoler...

Les larmes coulèrent sur ses joues. Heidi la prit par les épaules pour la réconforter. Même Gretchen se sentait un peu chavirée. La pauvre vieille femme faisait pitié.

— On va s'occuper de vous, dit Heidi. On vous donnera un peu d'argent. Après tout, c'est normal. Vous êtes la gardienne du manoir.

— Et même que vous le gardez bien ! remarqua Gretchen en exhibant le fusil.

— Il n'est pas chargé, répondit Odette. Vous êtes bonnes. Comme Mme Clarisse.

— Clarisse ? Bonne ? répéta Gretchen. V'là autre chose !

Odette reconnut que Mme Clarisse était une personne « pas facile ». Mais elle l'avait toujours traitée avec respect. Elle ne pouvait pas en dire autant de Victor d'Avillon. Le bonhomme avait un fichu caractère et la considérait comme son esclave. Il était devenu insupportable à la fin de sa vie. Malgré tout, Odette avait rempli ses obligations. Elle n'avait nulle part où aller. Elle n'avait, pour ainsi dire, jamais vécu ailleurs qu'au manoir.

Odette les invita à entrer dans le pavillon de chasse. Étonnamment, l'endroit était bien tenu. Les meubles étaient anciens, voire vétustes, mais on pouvait y chercher la poussière.

Odette n'avait qu'un verre d'eau et quelques biscuits secs à leur offrir. La « bonté » de Clarisse s'arrêtait à son porte-monnaie. Elle avait payé Odette avec des clopinettes toutes ces années durant.

Et puis, Odette se mit à parler du fantôme.

4

Odette

Odette était entrée au service des d'Avillon, en 1938, à l'âge de dix-sept ans, comme aide-cuisinière. Suzanne d'Avillon venait d'avoir sa deuxième fille, Mélanie. L'accouchement l'avait épuisée, aussi Odette s'occupait-elle beaucoup du bébé. Suzanne se remit vite mais l'habitude avait été prise : Odette veillait sur les enfants. Elle continuait d'aider à la cuisine, cependant. Le travail ne manquait pas pour les cinq domestiques. Le manoir était grand et les d'Avillon recevaient souvent.

Odette adorait la petite Mélanie. Un bébé qui ne pleurait pour ainsi dire jamais et qui riait si souvent... Clarisse n'était pas une enfant amusante. Elle était brillante et sérieuse. Mais rien n'était jamais assez bien pour Victor d'Avillon. Odette se souvenait encore des colères terribles du chef de famille. Il suffisait de pas grand-chose. Un mot maladroit, une note moyenne à l'école… Il punissait Clarisse en l'enfermant dans le cellier. Et portait la main sur elle. Suzanne lui trouvait des excuses, c'était pour le bien de sa fille s'il était sévère. Odette, elle, pensait que Victor en voulait à Clarisse de ne pas être aussi jolie que sa maman. Peut-être même que l'intelligence de Clarisse avait été sa fatalité. Elle était pertinente et profonde et ne savait pas se taire. Victor prenait ça pour de la rébellion (et il n'avait pas tout à fait tort…) mais surtout pour un manque de respect. Ce qu'il ne pouvait tolérer, bien sûr.

Mélanie grandissait. Odette craignait qu'elle ne subisse, à son tour, les mauvais traitements et les coups. Mélanie était belle et elle avait compris très tôt comment plaire à son père. À la connaissance d'Odette, il ne l'avait jamais frappée. Au contraire, il la couvrait de cadeaux. Clarisse ne recevait rien d'autre que des reproches et des punitions.

Cependant, Odette n'avait jamais remarqué chez elle le moindre soupçon de jalousie ou de méchanceté vis-à-vis de sa sœur. Clarisse se comportait avec gentillesse avec Mélanie, presque avec tendresse. Les deux sœurs s'aimaient beaucoup. Mélanie était une enfant gâtée mais pas égoïste. Si elle recevait des chocolats, elle les partageait avec Clarisse. Un jour que Victor s'était emporté contre Clarisse, Mélanie l'avait supplié de ne pas la battre. Contre toute attente, il avait cédé, se contentant d'un petit séjour dans le cellier obscur.

Et vint cet horrible été 46. Jamais Odette ne pourrait oublier ce matin-là… Il faisait très chaud. Mélanie jouait dans le jardin, comme d'habitude. Clarisse lisait à l'ombre du parasol, auprès de sa mère. Un orage éclata. On appela Mélanie. On pensa qu'elle était dans le bois. On chercha dans la maison. Et puis…

Odette interrompit son récit pour sécher une larme avec le coin de son tablier. La suite, hélas, était connue. Personne ne sut jamais ce qui s'était passé. Suzanne était effondrée, elle resta alitée et ne se releva plus. Elle se laissa mourir en dépit des efforts de Clarisse. Car sa fille aînée ne quittait pas son chevet, lui faisait la lecture, essayait de la faire manger. Elle était pourtant si jeune. Son comportement fut admirable.

Odette se souvenait l'avoir surprise en train de pleurer, la poupée préférée de Mélanie serrée contre son cœur. Elle se croyait seule. Dès qu'elle était en public, Clarisse cachait sa peine et son désarroi avec un grand courage.

Quant à Victor... Il devint taciturne, continuellement enfermé dans son bureau, ne s'intéressant plus à rien ni à personne. Il ne s'occupait même pas de sa pauvre femme. Quand elle mourut, il ne manifesta pas le moindre chagrin. Tout semblait lui être égal. Il vivait côte à côte avec Clarisse mais il l'ignorait complètement. Elle y gagna d'avoir la paix. C'était elle qui dirigeait la maison, du haut de ses quatorze ans ! Dès qu'elle le put, elle s'échappa de cette prison. En se mariant avec Joseph Faucher.

— Et le fantôme ? demanda Mélaine.

— J'ai toujours su qu'elle était morte, ce matin d'été, répondit Odette. Je ne peux pas l'expliquer. C'est comme ça. Les jours qui suivirent, alors que tout le monde s'agitait pour la retrouver, moi, je restais là... J'avais un poids sur le cœur. Lourd, lourd... Au début, je sentais... sa présence. J'avais toujours l'impression qu'elle allait surgir, au coin d'une porte, dans le couloir en criant : « Bonjour, Odette ! On joue ? » comme elle le faisait si souvent. Bien sûr, je me raisonnais. Et puis... un soir que je venais de finir de ranger la vaisselle, je l'ai entendue. Sa petite voix qui appelait...

Odette s'étrangla dans un sanglot. Elle avala un peu d'eau et poursuivit.

— Elle appelait au secours. « Venez me chercher ! » C'est ce que j'ai entendu. Mon Dieu ! J'ai cru qu'elle était revenue. Je me suis précipitée dehors, j'ai fouillé partout... Alors, j'ai compris. Son âme hantait la maison. J'ai eu très peur. Tellement peur que je n'ai rien dit à personne. Je me suis même persuadée que j'avais rêvé. Mais plus tard, *je l'ai vue*...

Gretchen leva les yeux au ciel. Tout ça, c'étaient des histoires à dormir debout. Heidi et Mélaine ne partageaient pas son opinion et attendaient, crispées, la suite du récit.

— Et je l'ai vue souvent, reprit Odette. Toujours les nuits d'orage. Elle apparaissait partout dans la maison, une silhouette transparente et lumineuse. Elle portait cette robe blanc et rose, celle qu'elle avait le jour de sa disparition. Elle me tendait les bras, le visage baigné de larmes. J'ai parfois tenté de la rejoindre. Mais elle s'enfonçait dans l'obscurité, se fondant dans les murs... J'étais tellement terrorisée la première fois, que j'ai raconté à tout le monde que le fantôme de Mélanie hantait le manoir. On m'a traitée de folle. Pour une raison que j'ignore, j'ai toujours été la seule à la voir. Pourtant...

Odette baissa le ton comme si elle craignait quelque chose.

Peu de temps avant sa mort, Victor n'avait plus toute sa tête et marmonnait des discours incohérents à longueur de journée. Il appelait souvent Clarisse, la menaçant de l'enfermer dans le cellier si elle ne venait pas sur-le-champ. Ce qui ne risquait pas d'arriver, Clarisse n'ayant pas remis les pieds au manoir depuis son mariage. Et puis, un jour qu'Odette faisait le ménage dans sa chambre, Victor s'était brusquement redressé dans son lit, les yeux exorbités.

« Non, non ! s'était-il écrié. Ne me hante plus, pitié ! Laisse-moi ! » Odette avait essayé de le calmer mais il s'était accroché à elle désespérément. « Elle est là ! Elle est là ! répétait-il. Elle veut que je vienne la chercher ! »

Odette eut la conviction que lui aussi voyait Mélanie. Le triste fantôme, les bras tendus, qui suppliait que l'on vienne la chercher...

— Quand M. d'Avillon est mort, Mme Clarisse a fait fermer la maison, avec tout ce qu'il y avait dedans. Elle a dit que personne ne devait plus jamais y entrer. Si elle avait pu, je crois bien qu'elle l'aurait fait brûler.

— Mais vous, demanda Heidi, vous n'y êtes pas retournée depuis tout ce temps ?

— Ah ça, non ! répondit Odette. Et je n'en ai aucune envie, je vous l'assure ! J'ai la paix, ici. Le fantôme n'y vient pas.

— Et les clés ? dit Gretchen. Où sont-elles ?

— Mme Clarisse les a gardées, je pense. Moi, je ne les ai pas.

— Hum… Elles doivent être quelque part dans la maison Faucher, supposa Gretchen. Nous pouvons y faire un saut, ce n'est pas très loin.

— Moi, à votre place, je n'essaierais pas d'y entrer, dit Odette. Il n'y a que du malheur dans cet endroit, qu'espérez-vous y gagner ? Si la petite hante le manoir, c'est qu'il est maudit.

— Et moi, je ne crois pas aux fantômes, répondit Gretchen.

Odette empocha les cinq cents francs que lui avait donnés Heidi. Elle se posta derrière sa fenêtre pour s'assurer que les visiteuses étaient parties pour de bon.

— J'ai bien fait de les surveiller. Je me doutais qu'elles viendraient fouiner !

Odette se retourna. La porte de sa chambre était ouverte et un homme se tenait là. Il se mit à ricaner.

— J'ai beaucoup aimé votre histoire ! dit-il. Pour un peu, j'y aurais cru !

— J'ai fait ce que vous m'avez demandé, répondit Odette. Maintenant, donnez-moi mon argent !

L'homme sortit son portefeuille et prit quelques billets. Odette s'approcha de lui et saisit l'argent avec avidité.

— Tenez, dit l'homme en lui tendant un paquet. Je vous ai apporté un petit cadeau en souvenir de cette vieille garce de Clarisse !

Odette regarda dans le paquet et ne parut pas particulièrement ravie. Elle s'assit à sa table et se mit à recompter les billets.

— Je suis tout de même un peu ennuyé, reprit l'homme. Pensez-vous que Clarisse avait un jeu de clés ?

— J'en sais rien. Les seules clés que je connaisse, c'est vous qui les avez.

— Hum… Espérons que la vieille garce n'avait rien gardé… Et puis, elles pourraient faire venir un serrurier… ce qui serait très embêtant. Autant pour vous que pour moi. Bon, au cas où elles reviendraient, faites votre possible pour les dissuader d'entrer.

— Et comment je fais ça, hein ? demanda Odette.

— Débrouillez-vous ! Jouez-leur la grande scène du deux ! Simulez une crise cardiaque ! Tout ce que vous voudrez !

— Je peux peut-être faire peur à la môme et à la grosse mais l'autre, là, elle n'est pas du genre qui avale n'importe quoi !

L'homme jeta un coup d'œil dehors avant de sortir.

— Écoutez, dit-il, c'est votre problème. Mais quoi qu'il arrive, *empêchez-les d'entrer !*

Brigitte fut très heureuse de revoir Mélaine. Elle la trouva changée, lui fit des compliments et la serra contre son cœur. Elle insista pour leur offrir un bon thé.

— J'avoue que je suis assez contente de ne plus travailler pour Mme d'Avillon-Faucher, dit Brigitte. C'était une vraie maniaque ! Heureusement qu'elle faisait sa promenade tous les matins. Autrement, je n'aurais pas tenu le coup ! Maintenant, je fais des ménages en ville et c'est peinard !

— Nous voulions faire un tour à la villa, expliqua Heidi. Des choses à récupérer pour Mélaine... C'est vous qui avez fermé la maison, alors...

— Oh, bien sûr, bien sûr ! répondit Brigitte en se levant. D'ailleurs, il n'y a plus aucune raison pour que je garde ces clés !

Brigitte ouvrit le tiroir de son buffet campagnard et en sortit un imposant trousseau que Gretchen rangea dans son sac. Brigitte était bavarde et elles eurent du mal à prendre congé. Quand elles purent enfin s'échapper, l'après-midi était bien avancé.

Mélaine eut une impression bizarre en revoyant la grosse maison en brique rouge. C'était comme si elle revenait d'un long voyage. Elle reconnaissait les lieux mais ils lui étaient étrangers. Sans doute ne s'était-elle jamais sentie chez elle dans cet endroit.

Gretchen tourna l'interrupteur dans le hall. L'électricité avait été coupée. Avec les volets clos, il faisait plutôt sombre.

— Par où commence-t-on ? demanda Heidi.

— Essayons le bureau, répondit Gretchen. Si on ne trouve rien, on cherchera dans la chambre de Clarisse. Mélaine, tu veux peut-être prendre des choses ?

— Quelles choses ?

— Ben, je ne sais pas moi ! Des livres, des jouets.

Mélaine secoua la tête. Elle ne voulait rien de tout ça. Ce qu'elle désirait, c'étaient les clés de son manoir.

Heidi ouvrit les volets pour avoir un peu de lumière. Il allait falloir faire vite car le soleil déclinait. Elles fouillèrent le bureau de fond en comble, sans succès.

— Pourquoi tu ne crois pas aux fantômes ? demanda Mélaine à Gretchen.

— Parce que je n'en ai jamais rencontré. Ce sont des bêtises. La pauvre Odette n'a plus toute sa tête, c'est évident.

Elles décidèrent de monter à l'étage. Mélaine n'était jamais entrée dans la chambre de sa grand-mère. Alors que les deux sœurs se mettaient déjà au travail, elle resta sur le seuil. Elle regarda le lit puis la coiffeuse, la grande armoire normande, les petits cadres et le papier rayé gris et bordeaux.

— Elle n'est plus là, dit Heidi. Tu n'as rien à craindre. Tu es ici chez toi.

— Ça ne sera jamais chez moi, répondit Mélaine. Belle-Manière n'est pas là.

Heidi eut un sourire attendri. À sa façon, Mélaine venait de dire que sa maison était celle des sœurs. Elles faisaient de bien meilleures grands-mères que Clarisse !

— Alors, ça ! s'exclama soudain Gretchen.

Elle venait de soulever une pile de draps dans l'armoire. Il y avait une énorme liasse de billets de cinq cents francs dessous.

— Hé bé ! Il y en a pour au moins cent mille francs !

— C'est parfait, dit Heidi. Nous voulions emmener Mélaine en Italie ! Si tu es d'accord, Mélaine, cet argent t'appartient.

— On ira voir la fontaine de Trévise ? demanda Mélaine. Et le Vésuve ? Est-ce qu'on peut prendre l'Orient-Express ?

— Tout ce qui te plaira ! répondit Gretchen. Avec ça, on peut s'offrir tous les palaces de Venise !

— Oh oui ! s'écria Mélaine. On pourrait aller voir le carnaval ! Je me déguiserais en marquise !

— C'est d'accord, dit Heidi. C'est tout de même incroyable que Clarisse ait caché de l'argent sous ses draps ! Une chance que nous soyons passées ! Une maison vide est bien attirante pour des voleurs…

Gretchen vidait consciencieusement l'armoire. Sur la dernière étagère, elle découvrit un coffret. Il était fermé mais ce genre de détail n'allait pas l'arrêter. Avec une lime à ongles trouvée sur la coiffeuse, elle força la serrure.

Dans l'excitation du moment, Mélaine avait oublié toutes ses appréhensions et était entrée dans la chambre.

Le coffret contenait des bijoux de valeur mélangés avec des babioles bon marché.

Et un trousseau de vieilles clés.

5

Le manoir hanté

En raison de l'heure tardive, les sœurs Grandier décidèrent que le plus sage était de rester coucher dans la villa Faucher. Gretchen trouva le compteur électrique. L'EDF n'avait pas coupé le courant ce qui était une bonne nouvelle. Elles dînèrent dans un restaurant de la petite ville. Mélaine s'inquiétait pour les chattes. Heidi la rassura : leurs gamelles étaient pleines et elles pouvaient attendre leur retour.

Ce n'était pas la place qui manquait dans la maison. Mélaine s'installa dans son ancienne chambre et les sœurs dans une chambre d'amis qui n'avait pas souvent été occupée.

Mélaine laissa sa lampe allumée. Elle ne se sentait pas à son aise. Les histoires d'Odette lui tournaient dans la tête. Elle guettait le moindre bruit. Et si le fantôme de Clarisse rôdait ? Puis elle songea à l'Italie. Il faudrait laisser Belle-Manière et Pocahontas à la garde de la voisine pendant leur voyage. Elle se consola en pensant que les chattes n'aimeraient pas Venise à cause de l'eau. Elle finit par s'endormir en rêvant du carnaval.

Le froid la réveilla. La température avait brutalement chuté dans la nuit. Le ciel était gris, plombé et venteux. La pluie allait probablement tomber dans le courant de la journée. Mélaine n'était plus aussi sûre d'avoir envie de visiter son manoir. Et s'il y avait un orage ? Le fantôme de Mélanie apparaissait pendant les orages.

Heidi se levait quand Mélaine frappa à leur porte. Gretchen dormait. Heidi la secoua sans grand espoir. C'était un sommeil de narcoleptique et il n'y avait pas d'autre solution que d'attendre.

Heidi laissa un mot à son attention sur la table de chevet. Puis elle emmena Mélaine en ville pour acheter des croissants… et des lampes-torches.

— Est-ce qu'il va pleuvoir ? demanda Mélaine.

— Ça m'en a tout l'air… Oh, je vois… C'est l'orage qui te préoccupe. Mais bon. Odette n'a parlé que des *nuits* d'orage. On n'a rien à craindre le jour !

— Tu y crois, toi, aux fantômes ?

— Ma foi… J'ai vu des choses bien extraordinaires de par le monde. Des gens qui marchent sur les braises, des derviches tourneurs qui dansent pendant des heures et des heures, des guérisseurs africains qui soignent les envoûtés, des lamas tibétains qui pratiquent des exorcismes… et même des statues qui pleurent du sang ! Cependant, je n'ai jamais vu de fantômes. Ça ne prouve rien, remarque.

— D'accord mais ça existe ou pas ?

— Franchement, je ne sais pas.

Mélaine dut se contenter de cette réponse-là. À leur retour, Gretchen était réveillée et d'assez mauvaise humeur. Les narcoleptiques dorment d'un sommeil troublé qui ne leur permet pas de récupérer normalement. Gretchen prenait des médicaments pour tenir le coup.

Odette était derrière la grille quand elles arrivèrent. Comme si elle les avait guettées.

– On a trouvé des clés ! annonça Mélaine.

Odette se mordilla la lèvre inférieure. Quand elle vit le trousseau dans la main de Heidi, elle le reconnut sans peine. Elle ne dit rien, se contentant de les suivre sur le chemin.

Le sentier serpentait entre les arbres. Il avait dû être plus large pour permettre le passage de voitures. Il y avait plus de douze ans qu'il n'avait pas été entretenu. Les arbres s'étaient étendus et des buissons avaient poussé.

Le bois s'arrêtait devant ce qui avait été une pelouse. Le jardin d'antan avait disparu sous les orties. Le sentier n'était plus qu'une trace à travers les hautes herbes.

Mélaine regarda son manoir. C'était exactement ce qu'elle avait imaginé. Une demeure aux pierres sombres avec deux tours de flanc. Un vrai château hanté.

— J'avais le souvenir d'un endroit plus gai, remarqua Heidi. Évidemment, sans le jardin fleuri et les parasols…

— Moi, je ne vais pas plus loin, dit Odette. Cette maison est maudite !

— Sornettes ! répliqua Gretchen.

Odette comprit qu'elles n'allaient pas renoncer. *Empêchez-les d'entrer !* Il en avait de bonnes, l'autre ! La seule chose qu'il lui restait à faire, c'était de tirer son épingle du jeu…

— Attendez ! s'écria-t-elle. Je… Je ne vous ai pas tout dit ! Je… Je ne voulais pas vous effrayer davantage. Mais…

Odette s'appliqua à jeter des regards inquiets tout autour d'elle pour donner du poids à ses paroles. Instinctivement, Mélaine fit un pas en arrière.

— Eh bien quoi ? dit Gretchen. Expliquez-vous !

— Ce n'est pas… ce n'est pas du fantôme de Mélanie que j'ai peur ! La pauvre petite…

Elle essuya une larme inexistante du coin de son tablier.

— C'est une âme pure… Mais *il est là*, lui aussi !

— Qui ça ? demanda Heidi.

— Lui ! Victor d'Avillon !

— Allons bon ! soupira Gretchen. Et le *Hollandais volant*, il croise dans les parages, également ?

— Je vous le jure ! répondit Odette. Je… Enfin, c'est vrai, je ne l'ai jamais vu. Mais je l'ai entendu ! Il tourne et tourne dans la maison certaines nuits ! Même qu'il fait du bruit ! On dirait qu'il remue tout là-dedans. Il cherche Mélanie, je suis sûre !

— Ce doit être des mulots, supposa Gretchen. Ça rentre partout, ces bestioles !

Pour bien montrer qu'elle n'avait pas peur, Gretchen s'avança résolument dans les hautes herbes.

— Je sais bien ce que je dis ! insista Odette. Je suis peut-être vieille mais je ne suis pas sourde !

Heidi se tourna vers elle et l'observa, les paupières à demi closes.

— Vous devez même avoir l'oreille sacrément fine, remarqua-t-elle. Pour entendre quoi que ce soit du pavillon de chasse au fond des bois !

— Mais… non… balbutia Odette. Vous…
Vous ne comprenez pas. C'est… C'est à cause de
la petite. Vous allez penser que je ne suis qu'une
pauvre folle mais je… je continue de la chercher.
Pour le repos de son âme. Je sors la nuit. Enfin,
depuis que *lui* est là, je n'ose plus m'approcher
de la maison.

Heidi eut une espèce de sourire en coin. Elle
commençait sérieusement à douter de la sincérité
d'Odette. Mais peut-être que la vieille femme
avait simplement une case en moins. C'était en
tout cas l'opinion de Gretchen qui haussa les
épaules et continua son chemin.

En dépit de sa prétendue réticence, Odette
suivit le mouvement. Au fur et à mesure que
Mélaine s'approchait, le manoir lui semblait de
plus en plus sombre, écrasant même le ciel de son
énorme masse noire. Arrivée à la lourde porte à
double battant, Mélaine pensa à une illustration
de *l'Enfer* de Dante qu'elle avait vue dans un
livre appartenant aux sœurs. « *Laissez toute espé-
rance, vous qui entrez* », était-il inscrit au-dessus de

l'entrée de l'enfer. C'était exactement ce qui lui venait à l'esprit devant cette porte.

Heidi introduisit la plus grande clé dans la serrure. Elle tourna sans difficulté.

— Plutôt facile, remarqua-t-elle. Étonnant même, si on considère que cette serrure rouille depuis plus d'une décennie !

Il y avait aussi deux verrous. Aucun d'eux n'était fermé ! Heidi trouvait tout ça de plus en plus bizarre. Elle appuya sur la clenche et poussa. Le bas de la porte racla sur le carrelage. L'odeur de poussière et de moisi les assaillit aussitôt, faisant tousser Mélaine. Elles laissèrent l'air frais entrer avant de s'aventurer à l'intérieur.

Du seuil où elle se tenait, Mélaine regarda l'escalier en pierre au bout du hall puis toutes les portes closes.

Gretchen alluma sa lampe et le rayon caressa les murs nus. On apercevait très nettement les marques claires laissées par...

— Les tableaux ! s'écria Gretchen. Les tapisseries ! Je me souviens très bien des tapisseries !

Heidi en oublia l'atmosphère viciée et tous les fantômes de la terre. Elle se précipita vers la première porte à gauche qui donnait dans la salle à manger.

Gretchen lui emboîta le pas.

— Là aussi ! s'exclama Heidi. Et là ! Il y avait un guéridon et, mille sabords ! le vaisselier ! Il est ouvert !

Et il était vide. Toute la vaisselle en porcelaine, les verres en cristal, l'argenterie avaient disparu.

— Qu'est-ce que ça veut dire ? demanda Odette, feignant la surprise.

— Ça veut dire, répondit Heidi, qu'on a pillé cette maison ! Et à mon avis, votre prétendu fantôme est bien vivant et c'est un fieffé voleur !

— Un voleur ? répéta Odette.

— Oui ! Un voleur qui, petit à petit, a vidé le manoir de ses objets de valeur ! À parier qu'il n'a laissé que les meubles trop importants pour être transportés discrètement !

La suite de la visite lui donna hélas raison. Il n'y avait plus le moindre tableau, plus aucune chaise et pas une seule fourchette. Des espaces vides indiquaient que des meubles de petite taille étaient aussi manquants. Odette s'appliquait à pousser des lamentations et à se réprimander d'avoir été aussi naïve.

— Et moi qui ai cru toutes ses années que Victor hantait le manoir ! Ce que j'ai pu être bête !

— En effet, répondit Heidi. Mais vous raconterez toutes vos histoires à la police, maintenant !

— La… la police ? Je n'ai rien fait, moi !

— Ça, vous n'avez *rien* fait !

Odette décida de jouer la « pauvre vieille innocente ».

— J'ignorais tout ! Je ne suis pas une voleuse, moi ! D'ailleurs, si j'avais pris quoi que ce soit, vous croyez que je vivrais encore ici, dans le dénuement le plus total ?

— Mais personne ne vous accuse, répondit Gretchen.

Odette se mit à pleurnicher et à marmonner.

— J'ai bien vu le fantôme de Mélanie… Je sais qu'elle est là… Alors, évidemment, quand il y avait du bruit, moi, j'étais sûre que c'était Victor qui hantait son manoir…

— Inutile de monter dans les étages, décréta Gretchen. Il vaut mieux ne toucher à rien et ne pas brouiller les traces. Il y a beaucoup de poussière sur le sol, je suis certaine que la police y relèvera des empreintes de pas.

Mélaine éclaira le carrelage. Elles avaient, effectivement, laissé des marques dans la crasse. Odette redressa le menton, d'un air frondeur.

— Parfait ! dit-elle. Comme ça, vous verrez bien qu'il n'y a nulle part, là-haut, les empreintes de MES pieds !

Heidi demanda à tout le monde de sortir. Elle verrouilla soigneusement les trois serrures.

— En tout cas, remarqua-t-elle, elles n'ont pas été forcées. Ce qui signifie que notre voleur a les clés ! Gretchen, reste ici avec Mélaine. Comme ça, personne ne pourra s'approcher des lieux avant l'arrivée des gendarmes. Moi, je vais les prévenir !

Heidi partit à grandes enjambées vers le bois. Gretchen s'assit sur les marches du perron. Elle avait tout du chien de garde. Odette ne savait plus quelle attitude adopter.

Elle n'osait pas s'éloigner. Pourtant, elle aurait bien voulu fuir… Mais, à la réflexion, on ne pouvait pas lui reprocher grand-chose. Il n'y avait rien dans le pavillon de chasse qui provienne du manoir. Elle n'avait jamais revendu le moindre objet appartenant aux d'Avillon. D'ailleurs, elle n'avait rien volé. C'était son silence qu'on avait acheté et ça, personne ne pouvait le prouver.

À la condition que la police ne mette jamais la main sur le vrai voleur.

Le colonel de gendarmerie Richard hocha la tête et regarda Mélaine.

— Eh bien, mademoiselle Courrières, je crains que vous ne revoyiez pas votre héritage de sitôt ! À mon avis, la maison a été vidée petit à petit, chaque objet vendu l'un après l'autre pour ne pas éveiller de soupçons.

— Mais vous avez des indices, n'est-ce pas ? demanda Heidi.

— Oh… Pas de quoi en faire un plat… Il y a des traînées dans la poussière, des empreintes de pas… des bottes en caoutchouc. Le dessin des semelles est assez caractéristique, un modèle très courant. Du 42. À part ça…

— Et il y a les clés ! dit Gretchen.

— Oui, mais elles ont pu être volées aussi ! La seule chose à faire maintenant, c'est de dresser une liste de ce qui a été pris. On peut peut-être retrouver une piste chez des brocanteurs, des antiquaires…

— Une liste ! s'écria Heidi. Vous plaisantez ! Nous n'avons que de vagues souvenirs !

— Peut-être qu'Odette… suggéra Gretchen.

Le colonel Richard eut un petit rire qu'il contrôla rapidement.

— Je ne voudrais pas briser vos espoirs mais elle m'a l'air…

Le colonel fit un geste sans équivoque : pour lui, Odette était complètement timbrée.

— Ça fait une demi-heure qu'elle rabâche son histoire de fantôme, continua-t-il. Enfin… malgré tout, elle a fréquenté le manoir assez longtemps. Je vais essayer de lui tirer quelques informations.

— Pendant que vous y êtes, dit Heidi, vous devriez jeter un œil dans le pavillon de chasse. Au cas où.

Le colonel eut l'air perplexe. Il n'imaginait pas la vieille femme en train de piller le manoir.

Gretchen fulminait. Les gendarmes étaient des bons à rien. Heidi proposa de rentrer à la maison. Elles n'avaient plus grand-chose à faire ici.

— Je suis désolée pour toi, dit Gretchen à Mélaine. Tu dois être terriblement déçue.

— Pourquoi ? répondit Mélaine. Je n'ai jamais vu ce qui a été volé, ça ne me manque pas !

— Oui, bien sûr mais quand même… C'était à toi, ce n'est pas juste.

— Grand-mère n'en voulait pas de son manoir. Finalement, je n'en veux pas non plus.

Mélaine glissa sa main sous son tricot et toucha le petit cœur brisé qu'elle portait autour de son cou. Heidi surprit son geste.

— Tu aurais bien voulu savoir si Mélanie hantait vraiment le manoir, hein ?

— Idioties ! maugréa Gretchen.

— Est-ce que je peux monter ? demanda Mélaine. Dans la chambre de Mélanie.

— Eh ! C'est chez toi ! dit Gretchen. Tu es libre d'aller où tu as envie ! Quoique je ne voie pas ce que tu espères y trouver…

— Rien, répondit Mélaine. Je suis juste curieuse.

Les gendarmes étaient encore en plein travail et ils protestèrent un peu. Mélaine promit de veiller à ne pas effacer les indices. Le manoir avait deux étages. Le premier niveau était utilisé par les maîtres, le deuxième était réservé au personnel.

Après avoir essayé trois chambres sans succès, Mélaine et les sœurs finirent par trouver celle de Mélanie. Il ne pouvait y avoir de doute. C'était une chambre de petite fille pleine de jouets en bois et de boîtes décolorées par le temps. Tout avait été laissé en l'état, comme si on avait espéré le retour de la petite fille après tant et tant d'années…

Il y avait des vides ce qui laissait supposer que le voleur n'avait eu guère de scrupules, ici aussi.

— Je parie qu'il a pris les poupées en porcelaine, grogna Gretchen.

Mélaine sourit tristement : il avait également
pillé la maison de poupée de style victorien, n'y
laissant qu'une table cassée. Elle ouvrit une des
boîtes posées sur une étagère. Des fleurs séchées.
Elle n'osa pas y toucher. Elle s'approcha de
l'armoire mais Heidi l'arrêta.

— Je ne te conseille pas de regarder là-dedans.
Ce sont sûrement des vêtements et... c'est trop...
enfin, tu me comprends.

Oui, Mélaine comprenait. Les habits d'une
fillette disparue, c'était sinistre. Pire, c'était un
sacrilège.

Quand elles quittèrent le manoir, la pluie
commençait à tomber en gouttes serrées, comme
un rideau qui descend sur une scène.

Fin du premier acte.

6

La cousine Béatrice

Odette se hâtait vers la cabine téléphonique sur la route du village. Elle marmonnait à mi-voix, ressassant les derniers événements. Elle n'avait pas beaucoup apprécié que les gendarmes fouillent le pavillon de chasse. Quant à la fameuse liste d'objets volés, elle avait répondu aussi précisément que sa mémoire le lui permettait. Il ne servait à rien de mentir, sinon à lui attirer des ennuis.

Elle composa le numéro qu'elle avait appris par cœur. Son correspondant ne fut pas ravi des nouvelles mais ne manifesta pas de surprise. Il s'attendait à ce que les sœurs Grandier s'entêtent. Il rassura Odette. Qu'elle s'en tienne à sa version et elle n'aurait aucun problème. Odette en profita pour lui réclamer plus d'argent. Il accepta sans restriction.

— Ne vous inquiétez pas, Odette, avait-il dit avant de raccrocher. J'ai déjà pensé à une solution qui nous mettra hors de cause, vous et moi.

Odette frissonna sous la pluie. S'il y avait de l'orage dans la soirée, le fantôme de Mélanie reviendrait. Un vieux sentiment de culpabilité refit surface. Odette secoua la tête pour se raisonner. Les fantômes se moquaient des biens terrestres ! En tout cas, Mélanie ne lui avait jamais reproché de voler ses héritiers. D'ailleurs, Mélanie ne voulait qu'une chose : qu'on vienne la chercher.

Mais où et pourquoi ? Odette n'avait pas réussi à le savoir. Car, même si elle était une assez vilaine personne, Odette disait la vérité sur un point : elle était sûre que Mélanie hantait le manoir.

Béatrice Coulomb rangeait sa vaisselle. Elle sursauta quand on sonna à sa porte, pourtant elle était prévenue. Portant un gros sac de toile brun, son visiteur entra.

— On est dans la panade ? demanda Béatrice.

— Ne nous affolons pas, répondit le visiteur en s'asseyant. Les gendarmes font un petit tour et puis s'en vont... Nous aurons à nouveau le champ libre.

— T'es pas un peu dingue ? Tu ne vas quand même pas y retourner ?

— Bien sûr que si. Il suffit d'être patient...

— Ça fait dix ans que tu cherches et tu n'as toujours pas trouvé. Tu perds ton temps ! Si tu t'imagines que les gendarmes vont laisser tomber aussi facilement...

— Ils laisseront tomber dès qu'ils auront un coupable...

— Quoi ? dit Béatrice. Qui... Oh, je vois ! La folle !

Mais son visiteur hocha la tête négativement.

— Pas question. Il n'y a qu'elle qui sache où sont les bijoux ! Je parviendrais bien à la faire parler...

— Au bout de toutes ces années, tu y crois encore ! Elle ne sait rien !

— Bien sûr que si. Elle sait... quelque part dans son cerveau malade, il y a l'information que nous voulons. Un jour ou l'autre, ça va sortir.

— Laisse-moi en dehors de ça ! Les flics vont fouiner, c'est certain... Et moi, j'ai revendu tout ce que tu as volé ! Je suis en première ligne !

Béatrice avait été prudente, ne vendant les choses que petit à petit, et jamais dans la région. Son complice lui affirma qu'il y avait peu de risques que l'on puisse remonter jusqu'à elle. Il faudrait d'abord que la police retrouve la piste d'au moins un objet volé et même dans ce cas...

— Alors, où vas-tu dénicher un coupable ? demanda Béatrice.

— J'y ai déjà réfléchi. Je m'en charge.

Béatrice insista mais son complice préférait qu'elle en sache le moins possible. Elle regarda le gros sac en toile.

— Tu as encore pris quelque chose ?

— Oui, en effet. Mais ce n'est pas pour revendre. C'est pour aiguiller la police vers notre coupable...

— Ah ! Tu veux cacher ça dans... sa maison ou un truc de ce genre ?

— Exactement. Dis-moi, j'ai soif. Tu ne voudrais pas nous faire un peu de thé ?

Béatrice acquiesça et alla à la cuisine mettre l'eau à chauffer. Si elle avait remarqué le sac, elle n'avait pas prêté attention au fait que son visiteur n'avait pas enlevé ses gants.

La main gantée fit glisser doucement la fermeture Éclair du sac. Sans bruit, le visiteur saisit la barre de fer qui était dedans. Il se leva, se dirigea vers la cuisine. Béatrice lui tournait le dos, occupée à préparer la théière et les tasses.

Il attendit qu'elle lui fît face.

La barre de fer atteignit Béatrice au milieu du front. Elle s'effondra sans comprendre ce qui venait de se passer. Le sang coulait en abondance sur le carrelage. Le meurtrier vérifia d'abord que le pouls ne battait plus. Puis il souleva le corps pour porter la tête au niveau du bord de l'évier. Là, il laissa une large trace de sang. Il ferma le gaz, remplit la théière. Il ouvrit le robinet en grand, lava soigneusement la barre de fer et ses gants. À l'aide de la casserole encore chaude, il répandit une grande quantité d'eau sur le sol et sur les semelles des chaussons de sa victime.

Il pensa même à ranger une des deux tasses dans le placard.

Du grand sac, il sortit un chandelier en argent. Il ne provenait pas de sa dernière visite au manoir. Il y avait longtemps qu'il l'avait volé. Ça, et la ménagère en vermeil trop repérable pour être vendue à cause du monogramme des d'Avillon gravé sur chaque pièce. Il avait également apporté deux fourchettes et deux couteaux de la ménagère. Il les planqua dans un tiroir.

Enfin, il cacha une paire de draps brodés du même monogramme. Les draps n'étaient plus très frais, et jusqu'alors il ne s'y était pas intéressé. Mais c'était parfait pour son plan car ils étaient aisément identifiables.

Puis il prit les bottes en caoutchouc, taille 42, et les rangea au bas d'une armoire. Voilà. Tout était en ordre. À un détail près : il ne pouvait pas partir en laissant la porte ouverte. Aussi, ferma-t-il les trois verrous intérieurs. Il enjamba la fenêtre de la chambre qui donnait sur un carré de jardin. Il tira les doubles rideaux et les battants. Il ne pouvait malheureusement pas faire mieux. En prenant soin de ne marcher que sur la bordure cimentée, il se faufila jusqu'au mur qu'il escalada sans peine.

La nuit était avancée et il n'y avait personne pour apercevoir la silhouette d'un homme qui se hâtait, portant un sac de toile brun.

La femme de ménage de Béatrice Coulomb sonna à plusieurs reprises, sans succès. C'était inhabituel, Mlle Coulomb la prévenait toujours quand elle devait s'absenter. Elle contourna la maison pour jeter un œil dans le jardin. En revenant sur ses pas, elle s'arrêta devant la fenêtre de la cuisine. Elle entendait distinctement de l'eau couler…

Elle regarda par la vitre et poussa un cri.

Le colonel Richard écoutait l'expert reconstituer les événements.

— Voilà, la pauvre femme a voulu se faire du thé… Il y avait beaucoup d'eau sur le carrelage… Elle a glissé, s'est cogné le front sur le bord de l'évier… Ça me paraît clair…

— Ouais… répondit le colonel. La porte était verrouillée de l'intérieur mais la fenêtre de la chambre est ouverte… Et, oh surprise ! nous voilà avec une paire de draps ornés d'un beau **A**, de deux fourchettes et de deux couteaux gravés du même A. Un chandelier tout à fait suspect et, bien sûr, n'oublions pas les bottes ! Du 42. Tiens donc… Elle chaussait du combien ? 38, 39 ?

— Ben, ça prouve qu'elle voulait brouiller les pistes, dit l'expert.

— Elle ou quelqu'un d'autre ! Oui… Tout ça n'est pas très convaincant. Juste au moment où on découvre que le manoir des d'Avillon a été pillé sans vergogne, Mlle Béatrice Coulomb meurt accidentellement ! Et elle fait un parfait coupable, n'est-ce pas ? Il y a des coïncidences qui me hérissent le poil.

— Nous relevons tous les indices, dit l'expert. On peut trouver quelque chose.

— J'y compte bien.

Le colonel Richard laissa ses hommes à leur travail. Il ouvrait une enquête sur Mlle Coulomb. Et, pour commencer, il allait vérifier comment une demoiselle aux revenus apparemment modestes, avait pu s'offrir la montre en or ornée de diamants qu'elle portait au poignet.

La nouvelle de la mort de la cousine Béatrice surprit les sœurs Grandier. Qu'elle soit le voleur présumé était encore plus étonnant.

— Je ne l'ai jamais tenue en haute estime, mais tout de même... dit Heidi. Tu l'imagines, toi, cette grosse idiote transportant des guéridons à travers les bois ?

— Pas toute seule, non, répondit Gretchen. Je te parie tout ce que tu veux qu'elle s'était acoquinée avec ce faux jeton de Nathaniel !

— Pourquoi lui ? demanda Heidi.

— Souviens-toi ! Odette nous en a parlé ! Il est venu au manoir avant l'enterrement de Clarisse. Il était tellement sûr qu'il allait hériter qu'il ne se cachait même plus ! Ah, évidemment, si Clarisse lui avait vraiment légué le manoir, il n'aurait pas eu de soucis à se faire ! Personne n'aurait jamais eu connaissance de leur sale petit trafic… Chers cousins !

Mélaine, Belle-Manière sur les genoux, feuilletait les albums de photos de famille en écoutant les deux sœurs. Gretchen semblait partager les doutes du colonel Richard. La mort de Béatrice survenait trop bien pour ne pas être suspecte. Heidi faisait plutôt une fixation sur Odette. Elle avait du mal à ne voir en elle qu'une innocente vieille femme.

– Qui c'est, la dame sur la photo ? demanda Mélaine.

Heidi se pencha par-dessus son épaule, imitée par Gretchen.

– Hum… Oh, ça, c'est très très ancien.

– Je sais, dit Gretchen, c'est Mme d'Avillon, la mère de Victor. Heu… Elle ne s'appelait pas Pauline ?

– Elle ressemble à une princesse, dit Mélaine. C'est beau, ce serre-tête !

— Ce n'est pas un serre-tête ! répondit Heidi en riant. C'est un diadème. Non, elle ne s'appelait pas Pauline. Mariana. Ton arrière-arrière-grand-mère était d'origine russe. Ce n'était pas une princesse mais son père était quelqu'un de très important à la cour du tsar. Tu vois, ce sont des bijoux russes et… tiens… où sont-ils passés, ceux-là ?

— C'est vrai… dit Gretchen. Je me souviens, mon Dieu, il y a des siècles ! Maman nous avait raconté une de ces grandes soirées données au manoir, je ne sais plus à quelle occasion… Suzanne portait le diadème et tout le tremblement… D'après maman, sur elle, ça n'avait aucune allure. Elle avait plutôt l'air d'un sapin de Noël ! Je me demande qui en a hérité…

— Si Clarisse les avait en sa possession, je pense que Me Beaulieu nous en aurait informées !

— Je ne les ai jamais vus, dit Mélaine. Grand-mère changeait souvent de bijoux, elle aimait beaucoup ça.

— Pourtant, il n'y a que Clarisse… commença Heidi. Oh, bon sang ! Ils ont été volés aussi, évidemment !

– Je veux bien admettre qu'on ait pu voler des tas de choses dans le manoir, répondit Gretchen, il n'y avait qu'à se servir, mais des bijoux d'une telle valeur ne devaient pas traîner entre deux potiches !

– Est-ce qu'il y a un coffre dans la maison Faucher ? demanda Heidi.

Mélaine n'en avait pas la moindre idée. Il y avait bien un coffre à la banque, Me Beaulieu en avait fait l'inventaire. De l'argent liquide et quelques papiers.

– Oh là là ! soupira Heidi. Et si Clarisse les avait planqués sous les piles de linge comme les cent mille francs qu'on a trouvés l'autre jour ?

– Eh bien, il faut y retourner, conclut Gretchen. Et faire une fouille en règle !

Les sœurs décidèrent d'attendre le vendredi suivant pour refaire le voyage. Béatrice Coulomb devait être enterrée, le matin. Mélaine pensait qu'il était curieux de se rendre à l'enterrement de quelqu'un qu'elle ne connaissait pas alors qu'elle n'avait pas été conviée à celui de sa propre grand-mère.

Il n'y avait pas foule dans le cimetière. Il pleuvait. Gretchen observait les deux cousins. Alfred Dumoujin avait, de toute évidence, fait un détour par le café avant de venir. Il titubait presque en marchant, bégayant des « notre pauvre cousine » à tout bout de champ. Ses yeux larmoyaient mais Gretchen mit ça plus sur le compte de l'alcool que sur celui du chagrin. Nathaniel Frusquet était toujours aussi raide et étriqué dans son costume noir. Il semblait assez indifférent, poussant la délicatesse jusqu'à consulter sa montre pendant le bref laïus du curé.

Mélaine regardait les tombes tout autour d'elle. Elle aperçut le colonel Richard, à l'écart. Mélaine était convaincue, comme ses tutrices, que Béatrice Coulomb n'était pas morte accidentellement. Elle savait que les assassins, non seulement revenaient sur les lieux de leurs crimes, mais assistaient généralement aux enterrements de leurs victimes. Le colonel de gendarmerie devait le savoir aussi, autrement il ne serait pas là.

Les sœurs Grandier étaient innocentes. Il ne restait donc que les deux cousins. Nathaniel Frusquet avait vraiment la tête de l'emploi. Ce qui ne prouvait rien en soi. Mais quand il demanda si Béatrice avait fait un testament, Mélaine fut certaine qu'il était coupable.

Les deux cousins s'éloignèrent dès la cérémonie terminée.

— Ceux-là ! dit Gretchen avec mépris. Quels enf... heu, déchets de l'humanité !

— Allons faire des courses, proposa Heidi. Nous allons nous installer dans la maison Faucher. Deux ou trois jours, le temps de chercher...

Mélaine traînait dans le cimetière, lisant les noms sur les pierres tombales.

— Que fais-tu ? lui demanda Heidi.

— Est-ce que ma grand-mère est ici ?

— Oh... oui, bien sûr. Viens, il y a un caveau de famille.

Heidi lui prit la main et la conduisit vers un petit monument en forme de chapelle surmonté d'un ange du plus mauvais goût. Gretchen tira la grille et elles entrèrent.

— Voilà, dit Heidi en baissant la voix instinctivement. Clarisse… son mari Joseph. Et tes parents.

Mélaine posa la main sur les dalles gravées. Louise Faucher épouse Courrières. Philippe Courrières. C'était la première fois qu'elle voyait leurs tombes. Les sœurs respectèrent son silence.

Mélaine se détourna. Elle ne savait pas ce qu'elle ressentait.

— Il y a Victor, aussi, remarqua-t-elle.

— Oui, il y a tout le monde… répondit Heidi. Suzanne d'Avillon, Victor… et tiens, Mariana, son époux Charles d'Avillon.

— Pauline ! s'écria Gretchen. Il y avait bien une Pauline ! Mais qui était-ce ?

Heidi lut l'inscription : « Pauline Lévêque épouse d'Avillon 1859-1919. » Sur la dalle mitoyenne, il y avait « Louis d'Avillon 1856-1905. »

— Attends voir… réfléchit Heidi. Logiquement, ce doit être les parents de Charles. Les grands-parents de Victor. Pauline est donc l'arrière-arrière-arrière-grand-mère de Mélaine ! Ça donne le vertige !

— Il n'y a pas de tombe pour Mélanie, dit Mélaine.

Heidi posa la main sur son épaule et hocha la tête tristement.

— Non, il ne peut pas y en avoir... répondit-elle. Il n'y a pas de corps.

— Ce n'est pas juste. C'est comme si elle n'avait jamais existé !

— C'est vrai, dit Gretchen. Si tu veux, demain, nous reviendrons et nous déposerons un bouquet de fleurs dans un coin du caveau. Pour Mélanie. Comme ça, elle existera pour quelqu'un. Pour nous.

Mélaine eut un sourire triste.

— Est-ce que c'est très mal que j'aie plus de peine pour Mélanie que pour mes parents ? demanda-t-elle, inquiète.

— Non, répondit Heidi. Tes parents, ils t'ont eue, toi. Ils vivent à travers toi. Mélanie, pour autant que l'on sache, n'a pas eu le droit de vivre assez longtemps pour avoir des enfants. C'est bien que tu penses à elle.

Mélaine sentait le petit cœur brisé tout chaud contre sa peau. Sa grand-tante Mélanie resterait pour toujours une fillette aux longs cheveux et au regard sombre sur une photo en noir et blanc.

7

De surprise en surprise

Le lendemain, Mélaine déposa un petit bouquet de fleurs dans un coin du caveau. Elle avait voulu fabriquer un carton avec le nom de Mélanie pour remplacer la dalle qui n'existait pas.

Puis elle avait demandé à retourner au manoir. Il lui fut facile de convaincre ses tutrices : elle voulait photographier sa propriété ! Les sœurs préparèrent leur matériel avec enthousiasme. Oui, le manoir, le bois et le terrain herbeux étaient de bons sujets.

Avant de s'adonner à leur art, elles passèrent par le pavillon de chasse. À leur grande surprise, Odette n'y était pas. Elles ne s'attardèrent pas dans le bois. Si elles l'avaient fait, elles auraient croisé Odette qui ramassait des champignons. Elles ne la virent pas mais Odette entendit leurs voix et se garda bien d'aller à leur rencontre.

Elle resta cachée dans les fourrés épais jusqu'à leur départ. Elle ne les espionna même pas. C'était le problème du voleur si elles découvraient quelque chose. Mais, après le passage des gendarmes, il n'y avait probablement plus rien à découvrir !

Mélaine s'amusa beaucoup en imitant les deux sœurs. Heidi était particulièrement drôle, n'hésitant pas à se coucher sur le dos pour photographier la façade du manoir, à l'envers.

— Je n'aime pas les volets fermés, dit soudain Mélaine. Je veux qu'on ouvre ! Tout !

« Tout » allait prendre un certain temps. D'abord, il y avait une multitude de fenêtres. Ensuite, les volets étaient rouillés, coincés, récalcitrants. Mais Mélaine pouvait être têtue. Elle voulait de la lumière. Elle désirait chasser cette obscurité morbide et oppressante qui exhalait une odeur de mort.

Les courants d'air générés par les fenêtres ouvertes du rez-de-chaussée soulevaient la poussière. Gretchen avait décrété qu'on ne pouvait pas raisonnablement ouvrir les volets des deux étages. Une porte claqua, quelque part, au premier.

Gretchen photographiait les miroirs au-dessus des cheminées en marbre. Elle espérait obtenir d'intéressants effets de reflets d'ombre et de lumière. Heidi était plus attirée par la cuisine. Les ustensiles en cuivre accrochés au mur n'avaient pas été volés. Ils avaient perdu leur lustre mais leur disposition permettait des compositions dignes de tableaux de maître.

Mélaine était au pied du grand escalier en pierre. Quelle porte avait claqué ? Avaient-elles négligé de refermer celle de la chambre de Mélanie ? Elle avait un peu peur de monter toute seule. Elle posa le pied sur une marche. Elle entendait de petits battements. Elle se décida brusquement et gravit l'escalier quatre à quatre.

Le bruit venait de la gauche. Mélaine se souvenait que la chambre de Mélanie était à droite.

Il faisait noir dans ce couloir. Mélaine plissa les paupières. Elle aperçut la porte secouée par les courants d'air. Elle claqua un peu plus fort, faisant sursauter la petite fille. C'était comme une invitation à entrer.

Mélaine avança prudemment, la main glissant sur le mur. Elle s'arrêta, prit une grande inspiration qui la fit tousser. Satanée poussière…

Elle ouvrit la porte. C'était une chambre, comme on pouvait s'y attendre. Il y avait un carreau cassé à la fenêtre ce qui expliquait l'origine du courant d'air. Du seuil, Mélaine observa la pièce. Elle distinguait nettement le lit à balustres, au dosseret large et montant, et la grosse armoire de style rustique. Rien de bien effrayant, finalement.

Mélaine entra. Face à l'armoire, il y en avait une plus petite, une « bonnetière » comme on disait dans la région. Elle portait un miroir. Mélaine passa derrière le lit. Elle apercevait vaguement son image dans le miroir. Elle eut alors l'idée de faire une photo. Le flash la surprit. Elle n'avait pas pensé qu'il allait se déclencher.

Elle essaya de se souvenir des instructions de Heidi. Ses yeux s'étaient habitués à la pénombre et elle put supprimer le flash. Elle ne s'y connaissait pas encore beaucoup en photographie et il ne lui vint pas à l'esprit que sa pellicule n'était pas assez sensible pour un lieu aussi sombre. Elle prit un deuxième cliché d'elle-même se reflétant dans le miroir, de l'autre côté du lit.

Heidi l'appelait d'en bas. C'était l'heure du déjeuner, il était temps de partir.

Mélaine referma la porte pour l'empêcher de claquer et descendit.

Mélaine embêta Heidi jusqu'à ce qu'elle appelle la voisine qui gardait les chattes. Elle voulait être sûre que Belle-Manière et Pocahontas se portaient bien. Quand elle fut rassurée sur leur sort, elle se joignit aux sœurs pour fouiller la maison Faucher.

Les armoires ne cachaient que des choses ordinaires. Les tableaux ne dissimulaient aucun coffre-fort et les vases chinois ne contenaient que de la poussière. Gretchen poussa le vice jusqu'à gratter dans les conduits de cheminée. Elle n'y gagna que de se retrouver noire de suie grasse.

Elles passèrent un long moment dans le bureau. Elles avaient découvert les livres de comptes de Clarisse. Gretchen ne pensait pas que c'était intéressant mais Heidi ne partageait pas son avis. Mélaine s'était assise avec un bouquin alors que Gretchen refaisait l'inventaire des tiroirs.

Soudain, Heidi se mit à feuilleter rapidement le registre en avant et en arrière.

— Ça ! s'écria-t-elle. Je ne l'avais pas remarqué tout de suite… Mais voilà qui est bien étrange ! Tous les 21 septembre depuis 1987, Clarisse retirait cent mille francs en liquide à la banque !

— Les cent mille francs dans l'armoire… dit Gretchen.

— Oui, répondit Heidi. Clarisse est décédée brutalement le 28 septembre. Elle avait donc eu le temps de prendre l'argent mais… pour quoi faire ?

— Peut-être pour couvrir les dépenses d'une année, supposa Gretchen. Une espèce de réserve…

— Un maître chanteur, dit Mélaine sans lever le nez de sa lecture.

Heidi regarda la petite fille avec stupéfaction. Ce n'était pas la première fois que Mélaine la surprenait par ses réflexions.

— Ça, ça veut dire quoi ? demanda Gretchen, penchée sur le registre. Là. AB83570.

— Une référence ? Un numéro de compte bancaire ? Ça ne correspond pas au compte de Clarisse en tout cas.

— Clarisse déposait-elle les cent mille francs dans une autre banque ?

— Un compte secret en Suisse, dit Mélaine.

Gretchen se mit à rire.

— Où vas-tu chercher toutes ces idées ? Pourquoi Clarisse aurait-elle eu besoin d'un compte en Suisse ? Quant au maître chanteur... Je ne crois pas que Clarisse ait fait quoi que ce soit de si mal qu'elle ait dû payer... damned ! plus d'un million de francs !

— AB83570... répéta Heidi. Oui, à chaque fois, Clarisse a noté ça dans la colonne des cent mille francs. Ça doit signifier quelque chose.

Mélaine se leva et regarda à son tour dans le registre.

— En septembre, dit-elle. Grand-mère faisait toujours un voyage à la fin du mois de septembre.

— Tu en es bien sûre ? demanda Heidi. Pour aller où ?

— Ben, c'était sa cure, répondit Mélaine. Une semaine. C'est écrit dans le cahier. SNCF. Esp… Esparron ?

— Oui tu as raison ! s'exclama Heidi. Esparron ! C'est connu ! C'est une ville de cure pour les problèmes respiratoires !

— Et elle avait besoin de cent mille francs pour s'offrir des pastilles Vichy ? dit Gretchen.

— Il n'y a pas forcément un rapport, répondit Heidi. Esparron… C'est dans le Var, non ?

— Et alors ? dit Gretchen.

— 83… murmura Heidi, une lueur dans les yeux. Quel est le code postal d'Esparron ?

Gretchen haussa les épaules en signe d'ignorance. Heidi remua les papiers sur le bureau. Avec l'agenda de Clarisse, il y avait le répertoire alphabétique des indicatifs postaux. Elle le feuilleta.

— Hum… Esparron 83560. Ça ne colle pas…

— Avec quoi ? demanda Gretchen.

— Avec AB83570. Attends voir ! Là, je l'ai ! 83570 ! Cotignac !

— Jamais entendu parler !

— Moi non plus, dit Mélaine. Mais si c'est un code postal, AB, ça serait les initiales de quelqu'un ?

— C'est possible, répondit Heidi. Évidemment, c'est peut-être une simple coïncidence. Que le numéro corresponde à un code postal.

Gretchen s'empara vivement de l'agenda de Clarisse. Malheureusement, il n'y avait pas de nom à la lettre A ni à la lettre B avec une adresse à Cotignac. Elle vérifiait soigneusement toutes les pages sans y trouver de 83570.

— Tiens, on est dedans ! dit-elle. Eh ben ! Clarisse ne tenait pas son agenda très à jour ! C'est notre ancienne adresse à Rouen !

— Je n'ai pas le souvenir qu'elle nous ait jamais écrit, répondit Heidi.

Mélaine pointa son doigt sur la page. Quelques lignes en dessous de Grandier Heidi – Gretchen, il y avait Galois Odette.

– Y a Odette ! s'exclama-t-elle.

Odette. 27300 Bernay.

Les deux sœurs échangèrent un regard. Comment Odette Galois pouvait-elle être domiciliée à Bernay alors qu'elle vivait au manoir depuis 1938 ?

La nuit commençait à tomber quand Odette revint, à pied, du village. Elle avait fait ses courses au gigantesque supermarché planté là au milieu des champs. L'endroit semblait incongru pour un aussi énorme magasin. Mais, en réalité, tous les habitants des villages et de la campagne environnante venaient s'y approvisionner. C'était également un endroit anonyme. Odette pouvait y aller sans susciter le moindre intérêt de quiconque.

Elle poussa la grille. Derrière les arbres en ombres chinoises, on apercevait le toit du manoir éclairé par les derniers rayons du soleil couchant. Il ne pleuvrait pas, cette nuit.

Odette allait entrer chez elle quand une silhouette se détacha d'un chêne. Elle ne sursauta pas mais jeta des regards affolés tout autour d'elle.

— Vous êtes inconscient ! dit-elle. Les gendarmes !

— Les gendarmes sont partis, répondit l'homme en rajustant ses gants. Ne restons pas dehors.

Le visiteur suivit Odette dans le pavillon de chasse.

— Qu'est-ce que vous voulez ? demanda Odette en posant ses sacs en plastique.

— Discuter... Vous savez de quoi.

Odette grogna. Cela faisait des années qu'il lui posait les mêmes questions !

— Vous êtes têtu ! Je vous ai dit cent fois que je ne savais rien !

— Allons, Odette... Je suis sûr que si vous réfléchissez vraiment... Un détail qui vous a échappé... cela pourrait suffire à nous mettre sur la voie !

— J'ignore où sont les bijoux ! Je ne l'ai jamais su !

– Reprenons calmement.. Vous avez vu les bijoux pour la dernière fois à une réception donnée à la fin de la guerre. La femme de Victor les portait pour l'occasion… C'est bien ça ?

Les yeux d'Odette s'obscurcirent. Non. Ce n'était pas ça. La dernière fois…

– Oui, répondit-elle.

– Après la réception, où Suzanne les a-t-elle rangés ? Il devait y avoir une cachette, un coffre, quelque chose ! Vous habitiez là, vous devez le savoir !

– Et puis quoi ? dit-elle. Vous croyez peut-être que les d'Avillon donnaient les clés du coffre et leur porte-monnaie aux domestiques ?

– Alors, il y avait bien un coffre !

– Mais non ! Je n'en sais rien ! Laissez-moi tranquille !

Nerveusement, le visiteur frotta ses mains gantées sur son pantalon. Il avait une brusque envie d'étrangler cette vieille folle. Il se força à sourire.

– Bon… On en reparlera une autre fois…

– Pour quoi faire ? demanda Odette. La seule qui pouvait savoir quelque chose, c'était Clarisse !

— Les bijoux ne faisaient pas partie de l'héritage de la gosse. J'en ai la certitude. Victor a dû planquer ses bijoux dans le manoir et Clarisse ne devait pas être au courant ! Elle adorait les bijoux, elle les aurait pris, c'est évident. D'ailleurs... Vous étiez là quand elle a fermé le manoir. N'a-t-elle pas cherché elle aussi ?

— Je n'étais pas là, répondit Odette.

Le visiteur eut un tressaillement. Jamais auparavant, Odette ne lui avait dit ça.

— Comment ça, vous n'étiez pas là ? Clarisse vous a pourtant bien donné les clés ?

— Oui. Après. Dans le pavillon de chasse. Mais je n'étais pas là quand elle a fermé le manoir. J'ignore ce qu'elle a fait avant.

— Où étiez-vous ?

— Je ne me souviens pas.

— Enfin, ce n'est pas possible ! s'exclama le visiteur, exaspéré. Vous vous occupiez de Victor ! Vous étiez forcément ici !

— Non.

— Heu... Peut-être vous êtes-vous absentée pour préparer l'enterrement ?

— Je ne me souviens pas, répéta obstinément Odette.

Il n'y avait rien à en tirer. Il faudrait qu'il revienne, une autre nuit. Une nuit d'orage. Quelques mois plus tôt, alors qu'il était venu prendre un meuble au manoir, il s'était mis à pleuvoir brusquement. L'orage avait fini par éclater. En repartant, il avait trouvé Odette dans le bois, hagarde, terrorisée. Elle gémissait de peur. Il avait essayé de s'approcher. Dès qu'elle l'avait aperçu, elle s'était mise à hurler. Odette prétendait que le fantôme de Mélanie apparaissait des nuits comme celle-là. Il avait supposé que c'était la source de sa terreur. Soudain, elle avait parlé comme si elle s'adressait à quelqu'un d'autre que lui.

« La princesse aux bijoux ! Les hommes en noir… Non ! »

Dans l'état où elle était, il lui fut impossible d'obtenir une explication. Et lorsqu'il était revenu, le lendemain, Odette semblait avoir tout oublié.

Le visiteur enfin parti, Odette resta assise dans l'obscurité, un long moment. La dernière fois qu'elle avait vu les bijoux… Le reflet d'une petite fille dans un miroir… Une petite fille aux longs cheveux défaits, un diadème d'or et de diamants lui tombant sur les yeux… Sur les yeux sombres et enfoncés.

Les sœurs Grandier prirent une décision pendant le dîner. Puisqu'elles avaient l'adresse d'Odette à Bernay, elles n'avaient qu'à y faire un tour. Elles auraient pu téléphoner, bien sûr. Mais, à la réflexion, elles préféraient voir sur place. Gretchen avait le déclencheur qui la démangeait. C'est-à-dire qu'elle avait envie de faire des photos dans la campagne. En ce début d'automne, ce serait très agréable de s'y promener. Mélaine ne comprenait pas pourquoi Odette avait une autre maison. C'était d'autant plus étrange qu'elle n'avait pas d'argent ! Personne n'avait la réponse à cette question.

Le matin était brumeux et, avec un peu de chance, le soleil réussirait à percer dans la journée. Comme il était à prévoir, il leur fallut deux heures pour faire les soixante kilomètres jusqu'à Bernay. Mélaine avait adopté les manies des deux sœurs.

Elle aussi s'enthousiasmait à la vue d'un arbre mort ou d'un joli panorama. Heidi lui montra comment choisir ses sujets et les meilleures façons de cadrer. Mélaine s'appliquait. Elle voulait devenir photographe au *National Geographic*.

Bernay était une petite ville. Après un détour obligé par l'église du XIe siècle et quelques errements, elles trouvèrent la maison supposée appartenir à Odette. C'était plutôt une maisonnette, coincée entre deux autres du même genre. Gretchen sonna à la porte sans hésitation.

Une dame âgée toute rose et toute potelée leur ouvrit.

— Oui, c'est pour quoi ? demanda-t-elle d'un air affable.

— Madame, dit Gretchen, un peu déstabilisée. Eh bien… Nous… Nous cherchons Odette Galois.

— C'est moi-même, répondit la dame.

8

Une autre version de l'histoire

Devant l'expression ahurie des deux sœurs et de Mélaine, la vieille dame toute rose insista :

— Je suis Odette Galois. Et vous êtes... ?

— Dans les choux ! dit Gretchen. Il doit y avoir une erreur... Êtes-vous la personne qui travaillait au manoir d'Avillon ?

— Mais oui, tout à fait !

— Alors, madame, il y a quelqu'un, là-bas, qui se fait passer pour vous !

Après quelques explications et deux verres de citronnade maison, Odette Galois exprima son désir d'aller à la police. Gretchen l'en dissuada. Puisque la gendarmerie était déjà sur le coup, il suffisait d'avertir le colonel Richard.

– J'ai toujours pensé que cette « Odette » cachait quelque chose, dit Heidi. C'est tout de même incroyable ! Personne n'a songé à vérifier son identité ! À mon avis, elle est la complice du voleur... qui pourrait bien être un assassin, également. Il l'a mise dans la place. Elle raconte à qui veut l'entendre une histoire somme toute plausible et le tour est joué ! Qui plus est, elle a une défense imparable : elle est folle ! Ou, du moins, elle prétend l'être...

Malgré son grand âge, Odette Galois était très lucide et ne se laissait pas effrayer par un rien. Elle avait une furieuse envie de confondre l'usurpatrice. Elle avait appris, dans le journal, le décès de Clarisse. Mais elle ignorait que la cousine Béatrice avait subi un bien triste sort. Elle ne l'avait pas connue mais Clarisse l'avait mentionnée à plusieurs reprises. Il était évident que Clarisse méprisait ses cousins, « les rapaces » comme elle les appelait. Cependant, Odette n'avait pas le souvenir que Clarisse lui ait parlé des sœurs Grandier. Gretchen pensa que la vieille dame ne voulait pas les vexer. Clarisse avait la dent dure, elle avait sûrement médit sur leur compte !

— Je suis venue à l'enterrement de ta grand-mère, dit Odette à Mélaine. Mais je ne t'y ai pas vue…

— On m'avait oubliée, répondit Mélaine sans émotion.

— Je voyais ta grand-mère une fois par an, continua Odette. À la fin septembre, je la retrouvais à la gare de Lisieux. Elle prenait le train pour partir en cure.

Odette s'interrompit quelques secondes puis reprit :

— Bah ! Je peux bien vous dire pourquoi, il n'y a rien de mal ! Quoique je n'aie jamais compris pour quelle raison, Mme Clarisse ne voulait pas que je vienne chez elle. Elle ne voulait pas qu'on me voie. Elle était un peu fantasque parfois. Alors, elle me donnait rendez-vous sur le quai de la gare. C'était pour… enfin voilà. Elle me remettait cinquante mille francs en liquide, tous les ans. Je n'ai pas une grosse retraite comme vous pouvez vous en douter. Je n'avais rien demandé, je vous l'assure ! Mais Mme Clarisse estimait que j'y avais droit. Parce que je me suis occupée de son père jusqu'à la fin.

— Cinquante mille francs ? répéta Gretchen. Pas cent mille ?

Odette ouvrit de grands yeux étonnés. Elle n'avait aucune raison de mentir !

— Nous avons remarqué que Clarisse sortait cent mille francs en liquide tous les mois de septembre depuis… oui depuis la mort de Victor, expliqua Heidi. Cela nous a intriguées, comme vous pouvez l'imaginer ! Vous n'avez pas une idée sur ce qu'elle faisait avec le reste de l'argent ?

Odette affirma qu'elle l'ignorait. Clarisse n'avait pas la réputation d'ouvrir son portemonnaie facilement. Il était vraiment très surprenant qu'elle ait été aussi généreuse avec Odette. La vieille dame eut un petit sourire.

— Oh… vous savez, dans les campagnes, il y a beaucoup de sombres secrets, dit-elle. Mme Clarisse n'a jamais exigé mon silence mais c'était sous-entendu…

— À quel propos ? demanda Heidi.

Odette hocha la tête et se resservit un verre de citronnade.

– Parce que j'ai été le témoin de bien vilaines choses… répondit-elle. Maintenant que Mme Clarisse est morte, je peux les raconter. Je pense que la petite a le droit de savoir. Mais je vous préviens : ce n'est pas particulièrement agréable à entendre !

Mélaine se cala dans son fauteuil, confortablement. Elle espérait que l'histoire serait des plus tragiques, un horrible drame digne d'un bon roman noir avec des rebondissements et des coups de théâtre. Qu'il s'agisse de sa famille lui importait peu, ce n'était, pour elle, que des noms et des photos en noir et blanc. Rien de très réel.

Le récit que leur fit alors Odette différait nettement de celui de la fausse Odette, même si certains détails prouvaient que l'usurpatrice en savait long sur les d'Avillon.

Odette était bien entrée au service des d'Avillon en 1938, à la naissance de Mélanie. Elle n'avait pas été engagée comme aide-cuisinière mais en tant que nurse. C'était une pratique courante chez les riches. Odette était hébergée au manoir comme les autres employés, elle avait une chambre au deuxième étage.

Suzanne négligeait complètement ses deux filles. Odette avait gardé le souvenir d'une femme égoïste qui ne se préoccupait que d'entretenir sa beauté. Elle était plutôt belle mais n'avait aucune classe. Ce n'était qu'une coquille vide.

Victor, c'était autre chose… Un homme brutal et d'une grande intelligence. Il avait hérité d'une immense fortune et il savait la gérer. Il s'était « offert » une jolie femme et il espérait avoir de beaux enfants. Odette n'avait jamais eu l'impression qu'il était déçu de ne pas avoir de garçon. En revanche, l'apparence physique de Clarisse l'affectait. Il ne ratait jamais une occasion de lui rappeler à quel point elle était insipide. Il la rabaissait en permanence en lui disant qu'aucun homme ne voudrait d'une fille aussi laide et qui parlait trop. Suzanne partageait son avis. Dès que Clarisse avait le malheur de la croiser, Suzanne se détournait. À croire qu'elle était vexée d'avoir fait une fille qui lui ressemblait aussi peu.

Si Clarisse n'avait pas la beauté de sa mère, elle avait en tout cas l'intelligence de son père. Un autre handicap ! Victor ne supportait pas sa vivacité d'esprit et son sens de la repartie. Car Clarisse n'avait pas la langue dans sa poche. Même très jeune, elle surprenait par la profondeur de ses raisonnements et, hélas ! par l'acuité de ses réflexions. Elle le payait cher. Victor était un monstre de méchanceté. Odette en frissonnait encore. Non seulement il frappait Clarisse mais il l'enfermait des heures durant dans le cellier, sans lumière, attachée par les mains au casier de bouteilles pour l'empêcher de s'asseoir ! Personne n'osait protester. Plus d'une fois, Odette avait eu envie de rendre son tablier. Elle ne l'avait pas fait car il n'y avait qu'elle pour consoler et soigner la petite Clarisse. Parfois, Victor battait sa fille jusqu'au sang avec les rênes de son cheval. Il disait qu'elle ne méritait pas mieux parce qu'elle avait l'allure d'une jument de labour !

Et puis, il y avait Mélanie. Un adorable bébé. Un bébé qui, en grandissant, devint une fillette ravissante. Capricieuse, désobéissante, colérique.

Mais qui savait tromper son monde. Dès qu'elle était en société, elle se transformait en petite fille modèle. Ses mimiques affectées amusaient la galerie. On la trouvait délicieuse, drôle et, bien sûr, si jolie. Derrière la façade, il y avait une sale gosse. Elle en faisait voir de toutes les couleurs aux domestiques, les traitait comme des moins que rien à la manière de son père... Odette n'arrivait pas à la raisonner. Et une fois, par vengeance, Mélanie l'avait fait accuser à sa place. Elle s'était introduite dans la chambre de sa mère pour lui voler quelques gouttes de parfum. Le flacon était tombé et s'était brisé. Odette l'avait surprise et l'avait disputée. À cet instant, Suzanne était entrée. Sans l'ombre d'une hésitation, Mélanie avait aussitôt déclaré qu'Odette avait cassé la bouteille. Suzanne l'avait crue. Elle avalait tout ce qu'elle lui disait ! On avait retenu le prix du parfum sur le salaire d'Odette.

Victor était en adoration devant la beauté de sa fille. Cependant, il ne se laissait pas duper aussi facilement que sa femme. Il était très strict sur son éducation. Tant qu'elle avait été petite, il pardonnait ses bêtises. Mais, quand Mélanie atteignit l'âge de six ans, il devint plus intransigeant. Mélanie n'était certes pas stupide mais elle était paresseuse. À la fin de son CP, elle ne savait toujours pas lire. Son institutrice, à l'école tenue par les bonnes sœurs, recommanda qu'elle redouble son année. Ce fut la première grande colère de Victor à son encontre. Suzanne plaida sa cause et sa punition fut légère : elle devrait travailler pendant les vacances pour éviter le redoublement. Mélanie préférait jouer plutôt que travailler. Comble d'injustice, Clarisse fut considérée comme responsable. C'était elle qui devait apprendre à lire à Mélanie. Odette se souvenait des efforts de Clarisse pour tirer quelque chose de sa sœur. Mélanie piquait des crises de colère et se cachait dans les bois pour échapper à ses leçons. La pauvre Clarisse avait fini par renoncer. À la rentrée, les bonnes sœurs refusèrent de laisser passer Mélanie en cours élémentaire. Clarisse fut enfermée une nuit entière dans le cellier, attachée par les mains. Mélanie ne montra pas le moindre remords.

Odette s'interrompit quelques instants pour se désaltérer. Jusqu'alors, Mélaine avait surtout ressenti de la compassion pour sa grand-tante. Elle s'était imaginé une Mélanie à l'image de sa photo, sage au regard profond et direct. Voilà qu'on lui peignait le portrait d'une véritable peste sans cœur. Elle en avait presque du chagrin, en pensant à l'horrible vie que sa grand-mère avait dû avoir dans son enfance.

— Maintenant, reprit Odette, il faut que je vous raconte ce qui s'est passé en 46… Le point de départ de tout ça, ce fut l'arrivée de nouveaux propriétaires dans la région, au début de l'année. Un industriel s'installa non loin du manoir. Il s'appelait Ernest Faucher. Il avait un fils, un adolescent maladroit et boutonneux, Joseph. Très vite, Victor d'Avillon noua des relations avec Ernest Faucher. Des relations intéressées… La guerre était finie depuis peu et beaucoup profitèrent de la situation. Le pays était en ruine, il fallait reconstruire. Des fortunes se sont bâties sur les cendres. Les d'Avillon étaient riches mais ils avaient quand même souffert de la guerre. Victor n'était pas du genre à laisser filer des opportunités de s'enrichir un peu plus. J'ai deviné tout de suite quel genre de plan avait germé dans l'esprit de Victor. Il était prêt à tout pour que Joseph épouse Clarisse.

— Ça alors ! s'exclama Gretchen. J'ai toujours cru que Clarisse s'était mariée avec Joseph pour échapper à son père !

— Oh non ! répondit Odette. Elle a obéi aux ordres. Je la revois encore, faisant des efforts désespérés pour entretenir une conversation avec Joseph. Il était gentil, c'est sûr, mais quel empoté ! Clarisse, qui était si fine et cultivée, a dû souffrir du manque d'intelligence de Joseph. Mais pour ça, comme pour le reste, Clarisse ne se plaignit pas. Ce n'était pas dans son caractère. Et puis je pense que Clarisse, même aussi jeune, a vu là une occasion de fuir sa détestable famille. Qui pourrait l'en blâmer ? Et il y a eu le drame…

— La disparition de Mélanie… murmura Heidi.

— Non, dit Odette. Avant ça…

Odette s'absorba dans la contemplation de ses ongles pour dissimuler ses yeux humides. Elle passa ensuite la main dans ses cheveux permanentés.

— Si mes souvenirs sont exacts, continua-t-elle, Victor ne fréquentait plus les membres de sa propre famille depuis longtemps…

— En effet, répondit Heidi. Notre mère s'était fâchée avec lui bien avant la guerre. Nous n'avons jamais trop su pourquoi…

— Je l'ignore également, dit Odette. C'est sans importance, sauf que cela explique que personne ne fut au courant. Les d'Avillon menaient grand train avant la guerre, ils recevaient beaucoup. Les circonstances ont fait que plus grand monde ne vint au manoir par la suite. En dehors des Faucher que Victor invitait souvent. C'était un beau dimanche de mai…

La voix d'Odette se brisa. Elle but un fond de citronnade et se racla la gorge.

C'était un beau dimanche de mai… La plupart des domestiques ne vivaient plus au manoir. Et cet après-midi-là, il n'y avait qu'Odette dans la maison.

Mélanie ne s'améliorait guère en grandissant. Ses manières affectées n'amusaient plus et ses crises de colère lui avaient valu quelques sévères punitions. Victor la frappait, parfois avec une grande violence. Cela ne changeait rien. Mélanie était effrontée et multipliait les bêtises en tout genre.

Il y avait quelque chose d'étrange dans le comportement de Mélanie. Tout semblait lui être égal. Elle agissait sur des coups de tête comme si elle n'avait pas conscience de la frontière entre le bien et le mal. En plus de ses nombreux défauts, Mélanie était devenue une coquette comme sa mère. Elle réclamait sans cesse de nouveaux vêtements. Suzanne cédait, prétextant que des habits presque neufs étaient devenus trop petits. Mais ce que Mélanie aimait par-dessus tout, c'étaient les bijoux.

Elle s'introduisait en douce dans la chambre de sa mère pour se parer avec tout ce qui lui tombait sous la main. Et ce jour de mai, elle découvrit les bijoux de sa grand-mère Mariana. Où les avait-elle pris ? Mystère. On imagine aisément la joie de la petite fille. Le diadème en diamants, les colliers et les bracelets de pierres précieuses, tout cela était digne d'une princesse. Elle s'admirait, ainsi couverte de bijoux royaux, devant le grand miroir de la chambre. Le malheur voulut que Victor fût le premier à la surprendre. Il entra dans une rage folle. Les bijoux étaient ceux de sa mère et même Suzanne avait rarement l'autorisation de les porter. Mélanie était habituée aux colères de son père mais cette fois-ci, elle prit peur. Elle chercha à s'enfuir dans le couloir. Victor lui courut après et la rattrapa en haut de l'escalier. Les cris avaient fait sortir Odette de la cuisine où elle préparait le dîner du soir en l'absence de la cuisinière. Victor obligea sa fille à enlever les bijoux puis exigea qu'elle s'agenouille pour demander pardon. Elle défia son père du regard et n'obéit pas.

Victor perdit tout contrôle. Il la gifla à plusieurs reprises. Mélanie s'effondra par terre, essayant de se protéger le visage avec les bras. Victor la saisit alors par le poignet et la projeta avec violence contre le mur d'angle. La tête de

Mélanie heurta le mur et elle perdit l'équilibre. Avec effroi, Odette la vit tomber en avant, dans l'escalier. La petite atterrit à ses pieds. Rapidement, une mare de sang apparut sur le carrelage. Odette se précipita vers le corps inanimé. Sur le moment, elle crut vraiment que Mélanie était morte. Victor restait tétanisé en haut des marches.

Le bruit et les cris avaient alerté Suzanne et Clarisse qui étaient dans le jardin. Suzanne se mit à pousser des hurlements en voyant Mélanie. Elle s'évanouit. Clarisse garda son calme et, avec l'aide d'Odette, elle essaya de ranimer sa sœur. Mélanie gémit et remua faiblement. Clarisse décida qu'il fallait avertir le médecin au plus vite. Alors, Victor réagit.

Il descendit, prit Mélanie dans ses bras en dépit des injonctions de Clarisse. Il refusa tout net qu'on aille chercher le médecin. Il porta Mélanie dans sa chambre. Odette ne savait que faire. Suzanne revenait peu à peu à elle, si bien qu'Odette s'occupa d'elle. Clarisse avait suivi son père. Dès que Suzanne en fut capable, Odette la soutint pour monter l'escalier.

Clarisse soignait la petite quand Odette et Suzanne entrèrent. La plaie sur le front, juste à la frontière du cuir chevelu, saignait abondamment. Il était évident qu'il fallait suturer. En larmes, Suzanne supplia son mari d'appeler le médecin de famille, le Dr Barray. Mais il s'y opposa et, même, il cria après Clarisse qui n'arrivait pas à arrêter le sang.

— C'est moi qui ai pris la décision, en fin de compte, dit Odette. J'ai déclaré que si on ne m'autorisait pas à prévenir le médecin, je dirais à la police que Victor avait poussé sa fille dans l'escalier. Mon Dieu ! J'ignore où j'ai trouvé le courage d'affronter Victor, ce jour-là ! Je n'aimais pas beaucoup Mélanie, c'est un fait… mais ce n'était qu'une enfant !

Victor répondit que c'était un accident et que personne ne croirait Odette. L'oreiller de Mélanie était rouge de sang, c'était une vision épouvantable. Victor finit par comprendre que si on ne faisait rien, Mélanie mourrait.

On appela enfin le Dr Barray. Il sutura la plaie et déclara que Mélanie avait aussi un bras cassé. Il voulait qu'on l'emmène à l'hôpital pour des examens. Il craignait une fracture de crâne. Victor prit le médecin en aparté. Odette n'entendit pas ce qu'ils se dirent mais Victor trouva le moyen de convaincre le Dr Barray de soigner Mélanie sur place.

– Cela peut sembler incroyable, dit Odette, mais c'est ainsi que ça s'est passé. J'en ai voulu au Dr Barray par la suite… Car, malheureusement, les conséquences de la chute furent terribles.

Mélanie avait repris conscience au bout de deux heures. Elle paraissait normale, se plaignait de la douleur. Les jours passèrent, Mélanie resta couchée. Seule, Odette avait le droit de s'occuper d'elle, les autres domestiques étaient tenus à l'écart. Victor avait menacé Odette. Si elle parlait à qui que ce soit de ce qu'elle avait vu, elle serait renvoyée sans gages.

Mélanie était tombée dans l'escalier accidentellement, voilà ce qu'elle devait dire… Comme Mélanie se remettait doucement, Odette fit ce que Victor exigeait.

On arrivait au mois de juin et Mélanie ne retourna pas à l'école. Elle jouait, mangeait dans sa chambre, elle ne sortait jamais. Ce ne fut qu'au bout de trois semaines qu'Odette remarqua que quelque chose n'allait pas.

Mélanie avait trois magnifiques poupées en porcelaine qu'elle s'amusait à promener dans les étages de sa maison de poupée. Odette épousse-tait les meubles. Soudain, Mélanie se mit à cogner une des poupées sur le bord de la table.

« Pas toucher ! Pas toucher, les bijoux ! » criait-elle.

La tête en porcelaine éclata sous le choc. Mélanie se mit à rire, un rire hystérique. Puis, elle fut prise de spasmes et se roula par terre. Odette la saisit à bras le corps pour la calmer et n'y parvint que difficilement.

Dans le mois qui suivit, Mélanie eut plusieurs crises semblables. Odette apprit plus tard qu'il s'agissait probablement de tétanie. Mais ce n'était pas le seul problème. Mélanie avait déjà un com-portement fantasque avant l'accident. Cela s'ag-grava. Elle faisait des colères terribles qui finissaient généralement en crise de tétanie. Et surtout, elle tenait des propos incohérents, obsessionnels qui revenaient toujours à la même chose : son père. Une fois, elle s'échappa de sa chambre, entièrement nue et courut au salon. Elle se vautra aux pieds de son père en lui demandant de l'embrasser ! À plusieurs reprises, Odette la vit s'accroupir et faire pipi sur le sol. Il fut nécessaire de fermer sa porte à clé. Il était hors de question, n'est-ce pas, que les domestiques la surprennent dans cet état. Et il n'y avait pas que les domestiques…

Il y avait les Faucher. Au début, on prétexta que Mélanie était couchée à cause de son accident. Après, on prétendit qu'elle avait pris froid. Les vacances approchaient et il devenait de plus en plus difficile d'expliquer que Mélanie reste cloîtrée dans sa chambre. Et qu'allait-il se passer à la rentrée ? Il était impossible de remettre Mélanie à l'école. Il allait donc falloir avouer que la petite ne tournait pas rond…

Victor voulait par-dessus tout que Clarisse épouse Joseph. Comment allait réagir Ernest Faucher quand il serait mis au courant ? Mélanie faisait tache dans le bel arbre généalogique de la famille d'Avillon.

Arriva alors ce jour tragique d'août. Comme par hasard, les deux femmes de chambre étaient en congé. La cuisinière venait d'accoucher et n'était pas là. Victor envoya Odette faire une course en ville. Un pli urgent à poster. Il n'y avait donc au manoir plus aucun témoin gênant…

Quand Odette revint, sous la pluie battante d'un orage d'été, on lui apprit que Mélanie s'était échappée de sa chambre. Comment cela avait-il pu se produire ? On se mit à sa recherche. Des jours et des jours durant. On ne la retrouva pas.

Odette regarda les sœurs Grandier et Mélaine.

— Mais… mais… balbutia Heidi, vous ne voulez pas dire que…

Odette hocha la tête gravement. Et d'une voix qui fit tressaillir Mélaine jusqu'au fond de son âme, elle déclara :

— Si. Je suis sûre que c'est lui. Victor. Il l'a tuée.

9

Mme Clarisse

La conversation fut interrompue par le fait que Gretchen tomba en cataplexie. Heidi rassura Odette Galois : c'était l'émotion causée par son récit qui avait provoqué la crise. Ce n'était pas grave, il fallait juste attendre. Odette ne fit pas de commentaires. Mais, décidément dans cette famille, ils étaient bizarres !

Quand Gretchen fut remise, Odette insista pour qu'elles restent à déjeuner. Elle avait encore des choses à dire. Le besoin de se confier enfin à quelqu'un.

— Je ne peux rien prouver, dit-elle en mélangeant la salade. Même, sur le moment, je n'ai pas pensé que Victor soit coupable. Il paraissait vraiment concerné, menait les recherches… Pour mieux aiguiller sur de fausses pistes, j'imagine ! Après, j'ai commencé à réfléchir. Comment Mélanie s'était-elle échappée ? Peut-être que Clarisse était allée la voir en mon absence et avait oublié de refermer la porte… Vu les événements, on pouvait comprendre qu'elle n'avait pas osé l'avouer… Par où était sortie Mélanie ? Pas par la porte de devant. Suzanne et Clarisse étaient dans le jardin. Il y a la porte de la cuisine qui donne sur le bois. Il est assez facile de le traverser et de rejoindre la route. Et je suppose que c'est le chemin qu'a pris Victor. Quant à ce qu'il a fait de la petite, ça… On ne le saura jamais.

— Tout de même ! s'exclama Heidi. Victor était un sale individu mais de là à tuer sa propre fille !

— J'ai longtemps refusé d'y croire, répondit Odette. Cependant… Il faut que je vous raconte ce qui s'est passé ensuite.

L'espoir de retrouver Mélanie s'amenuisant, la santé de Suzanne se détériora. Odette n'avait jamais aimé sa patronne mais elle lui reconnaissait au moins une chose : elle adorait sa petite fille et sa souffrance était réelle. Elle passait des heures à pleurer, ne s'alimentait presque plus. Clarisse était désemparée et errait comme une âme en peine dans le bois. Un jour, Odette l'accompagna pour la réconforter un peu.

Odette se pencha par-dessus la table. Elle montra du doigt le pendentif en or qui pendait sur le pull de Mélaine.

– Ça... dit-elle. Mélanie ne le quittait pas, ce médaillon en or. Ce jour-là, en marchant avec Clarisse, je l'ai trouvé. Il était en dehors de la propriété, dans l'herbe au bord du chemin, juste devant la grille. C'est étonnant que personne ne l'ait vu avant. Un rayon de soleil l'a accroché. J'ai été intriguée par l'éclat dans l'herbe et je suis allée y regarder de plus près. Il en manquait la moitié, il était tout tordu. Je l'ai redressé un peu... On a fouillé mais on n'a jamais retrouvé l'autre moitié. J'ai dans l'idée que Mélanie s'est débattue ou a fait une crise de tétanie... Le médaillon a dû être arraché puis piétiné probablement... Clarisse l'a gardé. Elle l'a toujours caché. Ni elle ni moi n'avons rien dit à quiconque. Ça n'aurait servi à rien, de toute façon.

Vers la fin de 1946, Suzanne s'était rétablie. Victor ne manifestait pas beaucoup d'intérêt pour sa femme. Il était toujours aussi odieux avec Clarisse et faisait de terribles colères si on avait le malheur de prononcer le nom de Mélanie devant lui. Il avait tiré un trait sur sa fille, un peu trop rapidement aux yeux d'Odette. Suzanne se comportait à nouveau aussi stupidement qu'auparavant.

En plein mois de février, lors d'une soirée en compagnie des Faucher, elle décida de porter une robe légère et décolletée. Il faisait un froid de canard et, dans le manoir, on était gelés. Suzanne s'enrhuma, continua de se conduire comme une idiote par souci de coquetterie. Son rhume se transforma en pneumonie. Elle allait en mourir. Clarisse restait seule en face de son père. Victor ne se préoccupait que de ses affaires. Clarisse fréquentait assidûment la maison des Faucher. Elle y était appréciée. Elle accepta d'épouser Joseph, deux ans plus tard.

Quelques jours avant le mariage, Clarisse avait pris Odette à part. Elle lui demanda de veiller sur son père. Cela surprit Odette. Mais Clarisse avait le sens du devoir. À partir du moment même où elle fut mariée, Clarisse décida de ne jamais revenir au manoir. Elle refusa que son père lui rende visite. Elle était maître chez elle et il n'était pas le bienvenu.

Les domestiques s'en allèrent, peu à peu. Odette loua les services d'une femme de ménage pour l'entretien. Il n'y avait plus qu'elle pour vivre au manoir avec Victor. Il lui fichait la paix. Elle n'eut aucun problème avec lui jusqu'à ce qu'il tombe malade. Il était simplement devenu vieux. Il s'alita et vécut ses derniers mois dans son lit. Odette devait beaucoup s'occuper de lui et il n'était pas facile à supporter. Elle tint bon.

Peu de temps avant sa mort, sentant que la fin était proche, Victor la supplia d'appeler Clarisse. C'était étonnant car il ne parlait jamais d'elle. Odette eut pitié de lui. Elle réussit à convaincre Clarisse de venir.

– Je la revois encore, Mme Clarisse, dit Odette. Enveloppée dans un grand châle, immobile devant l'escalier, le visage fermé. Elle monta lentement à l'étage, comme à regret. Moi, je restais en bas. J'ignore ce qu'ils se dirent. Au bout de quinze ou vingt minutes, j'entendis des cris. Évidemment, je me suis précipitée dans la chambre. Et là ! Là ! J'ai été clouée sur place ! Mme Clarisse, si réservée si digne en toutes circonstances, était devenue une véritable furie. Elle souleva le matelas du lit. Victor tomba même par terre ! Sous le matelas, dans une poche à l'intérieur du sommier, il y avait les bijoux de Mariana. Je le savais. Je veux dire, j'ai toujours su que Victor dormait dessus depuis qu'il était alité. Mme Clarisse s'en est emparée. Victor gémissait sur le sol, implorant qu'on l'aide. Alors, Mme Clarisse s'est retournée vers lui et, juste avant de sortir, elle a dit : « Ces choses-là, je te jure bien que tu les emporteras en enfer ! » Et elle est partie, comme ça. Et moi, j'ai recouché Victor…

– Alors… dit Gretchen, c'est bien Clarisse qui avait les bijoux. Mais qu'est-ce qu'elle en a fait ?

— Pas la moindre idée, répondit Odette. Nous n'avons jamais abordé le sujet. Victor est mort, en septembre 1987. Le manoir fut fermé. Pour moi, Victor s'est confessé à sa fille. Il lui a avoué le meurtre de Mélanie. La réaction si violente de Mme Clarisse, c'est la preuve que j'ai raison. Il était mourant, elle n'a rien dit. Mais je suis sûre… Les bijoux de Mariana, c'est la cause de tout. Je pense que c'est pour ça que Mme Clarisse les a pris. Par vengeance. Victor était très attaché aux bijoux de sa mère, au point de dormir dessus ! Elle a bien réussi son coup, d'ailleurs. Jusqu'à ce qu'il ne soit plus lucide, Victor réclama que j'aille les récupérer chez sa fille ! Heureusement pour moi, il n'avait plus la force de se mettre en colère.

— Je ne sais pas comment vous avez pu supporter ce sal… Victor, toutes ces années ! dit Gretchen.

— Ben… j'étais payée ! répondit Odette, simplement.

La conversation sur le chemin du retour fut animée. Heidi était convaincue que Victor avait bien assassiné sa fille pour éviter un scandale qui aurait mis un terme à ses projets. Mélaine partageait son avis. Gretchen était un peu plus réservée. Évidemment, c'était une explication à la disparition de Mélanie.

Autrement, qu'avait-il pu se passer ? Les d'Avillon étaient riches mais il n'y avait pas eu de demande de rançon. Un crime sordide ? Aucun corps, donc aucune preuve… Une fugue ? Un accident ? On aurait retrouvé la petite. Le mystère restait entier.

Heidi proposa d'aller à la gendarmerie. Il y avait, au manoir, une fausse Odette qu'il fallait dénoncer. Gretchen n'était pas d'accord. Elle avait envie de confondre l'usurpatrice elle-même. Elle voulait mener l'enquête et pouvoir dire à la manière d'un Sherlock Holmes : « Messieurs, voilà comment et pourquoi le crime a été commis… » Et puis, il y avait AB83570.

De retour à la villa Faucher, Gretchen se précipita sur… le Minitel. Cotignac 83570.

— Et tu vas téléphoner à tous les gens dont les initiales sont AB ? ricana Heidi.

— Pourquoi pas ? répondit Gretchen. Il ne doit pas y en avoir tant que ça… Et puis, on peut tomber sur un nom qui nous rappelle quelque chose. Tiens ça !

Gretchen posa le doigt sur l'écran.

— « Maison de repos Aristide-Bontemps », lut Heidi. Et alors ? Tu crois que Clarisse envisageait de finir ses jours là-bas ?

— On va le savoir tout de suite, dit Gretchen en composant le numéro.

Heidi s'empara du combiné.

— Une seconde ! Il vaut mieux que cela soit moi… Tu n'as aucun sens de la diplomatie. En un mot, tu manques de subtilité !

Gretchen sourit et brancha le haut-parleur.

— Maison de repos Bontemps, dit une voix de femme au bout du fil.

— Bonjour, madame. Le directeur, je vous prie.

— De la part de qui ?

— De Mme d'Avillon-Faucher.

Gretchen eut une mimique qui signifiait : « Tu es culottée ! » Après un bref passage par le répondeur musical, un homme répondit.

— Madame Faucher ! s'exclama-t-il d'emblée. Nous étions inquiets de ne pas avoir eu votre visite cette année !

— Il y a erreur, monsieur, dit Heidi. Mme Faucher est décédée, je suis son exécutrice testamentaire.

— Dé… décédée ?

— Hélas, oui. Mme Faucher a laissé quelques consignes en ce qui vous concerne et j'avoue ne pas être sûre d'avoir bien compris de quoi il s'agissait… Il semblerait qu'elle vous versait la somme de cinquante mille francs tous les ans ?

— Heu… oui, hésita le directeur. Un don.

— Un don en liquide, affirma Heidi d'un ton très assuré. C'est un peu inhabituel. Pouvez-vous me préciser pour quelle raison Mme Faucher vous donnait une somme aussi considérable depuis… 1987 ? Je ne peux pas continuer à payer si je ne sais pas de quoi il retourne.

— Mais… mais… Enfin, madame, si Mme Faucher vous a laissé des consignes, vous devez les exécuter, non ?

— C'est très vague, monsieur. Qui plus est, j'ai des comptes à rendre au juge administratif de même qu'aux héritiers. Je ne peux pas sortir de l'argent comme ça, sans une justification !

Le directeur resta un instant silencieux. Il avait été pris de court mais il se remettait vite.

— C'est un don, madame. On ne justifie pas un don !

— Dans ce cas, je crains que la généreuse donation de Mme Faucher ne s'arrête là...

— C'est votre problème, grommela le directeur.

Et il raccrocha.

— En voilà un mal embouché ! dit Heidi. Enfin... on a notre réponse. C'est bien à la maison de repos Aristide-Bontemps que Clarisse remettait les cinquante mille francs. Mais pourquoi ?

— Et depuis 1987... ajouta Gretchen. En d'autres termes, depuis la mort de Victor.

— C'est pas ça, dit Mélaine, brusquement.

Les deux sœurs la regardèrent avec surprise.

— C'est pas ça, répéta Mélaine. C'est comme pour Odette. Grand-mère lui donnait des sous pour qu'elle se taise. Grand-mère donnait des sous à M. Aristide pour la même raison. C'est pas parce que Victor est mort. C'est pour ce qu'il a fait quand il était vivant !

— Je comprends pour Odette, répondit Heidi. Mais une maison de repos à l'autre bout de la France, ça n'a aucun sens !

— C'est quoi, une maison de repos ? demanda Mélaine.

— Généralement, c'est pour les gens qui sont malades, expliqua Heidi. Ce n'est pas un hôpital mais il y a des médecins et des infirmières. C'est aussi pour les personnes âgées…

— Aristide-Bontemps… murmura Gretchen. Ça fait vieux. Cet établissement doit exister depuis pas mal d'années. Peut-être que, en 1987, ce n'était pas une maison de repos !

Heidi s'agita. Gretchen avait raison. Comment obtenir plus d'informations ? Après réflexion, Gretchen refit le numéro de téléphone. À nouveau, une femme répondit.

— Bonjour madame, ici le centre de Sécurité sociale du Var. Nous élaborons un fichier informatique et nous avons besoin de quelques précisions. Pouvez-vous me dire la date de création de votre maison de repos ? L'année suffira.

— Heu… Holà ! s'exclama la correspondante. Heu… Attendez… Ah oui, c'est écrit sur le panneau à l'entrée ! Je le vois tous les jours, je devrais le savoir ! *« Hospice du Dr Aristide Bontemps, au service des malades depuis 1939 »* ! C'est ce qu'il y a écrit…

— Hospice ? dit Gretchen.

— Ah bah, oui, à l'époque, c'était une maison pour les fous et les infirmes ! Maintenant, y a pu que des vieux pleins de fric ! Pardon, des retraités…

— Et depuis quand cela a-t-il changé ? demanda Gretchen.

— Ah, puifft… Là, il faut que je pose la question à M. Bontemps…

— Il est encore en vie ? s'exclama Gretchen.

— Ah non, pas Aristide ! Son fils ! C'est le directeur. Vous avez une minute ?

— Non, ce n'est pas grave, répondit Gretchen précipitamment. 1939, c'est très bien. Merci. Au revoir.

— Vous êtes de sacrées menteuses, toutes les deux, remarqua Mélaine.

— Un hospice ! s'écria Heidi. Oh mais ça change tout !

— Peut-être, dit Gretchen. Quoique je ne voie pas en quoi !

— Ben c'est évident pourtant, répondit Mélaine.

Et, à nouveau, Mélaine allait stupéfier ses deux tutrices.

10

Les hommes en noir

— Qu'est-ce que tu as encore imaginé ? demanda Gretchen.

Mélaine n'imaginait rien. Elle faisait des déductions, tout simplement.

— Voilà, répondit-elle. Odette nous a parlé du Dr Barray, le médecin de famille. Elle nous a dit que Victor l'avait persuadé de se taire, lui aussi, et de faire ce qu'il voulait. C'était un docteur. Il devait connaître des tas d'autres docteurs, non ? Eh bien, c'est ça. Le Dr Barray connaissait Aristide Bontemps. Et c'était vachement pratique parce qu'il avait un hospice pour les fous très très loin du manoir ! Alors, le 6 août 1946, Victor a fait enlever Mélanie. On ne l'a jamais retrouvée parce qu'elle était à Cotignac, à l'autre bout de la France ! Avant de mourir, Victor a tout raconté à Clarisse. Et il ne l'a fait que pour une seule raison : Mélanie était toujours vivante et il fallait payer le Dr Aristide pour qu'il la garde !

— Bon sang de bois ! s'écria Heidi. Mais alors… Les cinquante mille francs, c'était pour ça !

— Pour le coup, ça paraît peu… remarqua Gretchen. L'hospice est devenu une maison de repos chic. Cinquante mille pour une année, ce n'est pas assez.

— À moins que, depuis, Mélanie ne soit morte, dit Heidi. Et le « don » de Clarisse, c'était effectivement pour acheter le silence de ce cher directeur. Non pas qu'il soit réellement en faute. Après tout, c'était un hospice pour les fous.

— Mouais… fit Gretchen. N'empêche que la méthode est un peu douteuse… Je suppose que Victor a exigé que l'on cache l'identité de Mélanie, histoire d'être sûr que personne ne découvre la vérité ! Le salopard ! Il était tout à fait possible que Mélanie fût encore en vie en 1987. Elle aurait, alors, eu quarante-neuf ans. Clarisse avait peut-être revu sa sœur, en se rendant à sa cure annuelle. Et elle avait laissé Mélanie chez le bon Dr Aristide... Peur du scandale ? C'était probable. Et puis, dans quel état était Mélanie ? Complètement folle ? L'avait-on seulement soignée correctement ?

— Elle n'avait que sept ans... dit Heidi. Elle a dû presque tout oublier... Pauvre petite...

— C'est quand même mieux que de finir au fond d'un lac, répondit Gretchen.

— Franchement, ça se discute ! protesta Heidi. On ignore comment elle a été traitée, toutes ces années ! Et puis, pense un peu au chagrin de Suzanne et de Clarisse ! C'est d'une cruauté sans nom !

Mélaine était fière d'elle. Les deux sœurs avaient tout de suite accepté sa théorie.

— Maintenant, je crois qu'il faut vraiment aller à la gendarmerie, continua Heidi. Ils peuvent faire une enquête. Et si Mélanie n'était pas morte ?

— Là, ça se compliquerait sérieusement, répondit Gretchen. Parce que Mélanie aurait été grugée de son héritage à la mort de son père !

— C'est pas grave, dit Mélaine. J'en veux pas, du manoir.

— Il n'y a pas que le manoir… Il y a la fortune des d'Avillon. Et si Mélanie est folle, ça n'est pas prêt d'être réglé !

Malgré l'insistance de Heidi, Gretchen estimait qu'il était trop tôt pour prévenir les gendarmes. Car elle avait encore en tête de démasquer elle-même le voleur et assassin présumé de la cousine Béatrice. Et pour ça, il fallait d'abord remettre la main sur celle qui se faisait passer pour Odette Galois.

Le soir était tombé et, avec lui, la pluie était revenue. Gretchen ruminait un plan tout en dévorant ses moules à la crème. Elle repoussa son assiette et posa les deux poings serrés sur la table.

— Bon, on y va ! Maintenant !

— Quoi, maintenant ? demanda Heidi, d'un air ahuri.

— Dans la journée, on risque de rater « Odette », comme l'autre fois. À cette heure-ci, elle est sûrement chez elle ! Et puis, elle ne s'attendra pas à notre visite. Nous aurons l'avantage de la surprise.

Mélaine regarda la pendule sur la cheminée de la salle de manger. Neuf heures et demie. Elle dînait tard depuis qu'elle vivait avec les sœurs Grandier.

— Elle dort peut-être déjà ! dit-elle. Est-ce qu'on ne va pas lui faire peur ?

— J'espère bien ! répondit Gretchen en se frottant les mains.

— Elle pourrait aussi nous accueillir avec le fusil, remarqua Heidi. Chargé !

Gretchen n'avait pas pensé à ça. Elle suggéra que Mélaine reste à la villa.

— Ah non ! protesta Mélaine. Je déteste être ici sans personne !

Les sœurs cédèrent à une condition : Mélaine n'entrerait dans le pavillon de chasse qu'à leur appel.

La pluie fine du début de soirée s'était transformée en averse. La température avait à nouveau chuté brutalement. Au loin, grondait le tonnerre. Mélaine ne craignait plus le fantôme puisqu'il était possible que Mélanie soit encore en vie… Selon Gretchen, la fausse Odette avait inventé l'histoire pour les effrayer et les éloigner du manoir. Il n'y avait pas de fantôme… Heidi roulait prudemment sur la route détrempée. Plus elles avançaient vers le domaine d'Avillon, plus l'orage se rapprochait. Par précaution, Heidi gara la voiture avant le chemin qui conduisait au domaine. Trois silhouettes encapuchonnées se faufilèrent jusqu'à la grille. Laquelle était entrouverte.

Un éclair claqua, juste au-dessus du manoir, illuminant brièvement le toit. Mélaine ne put s'empêcher de sursauter. Heidi lui prit la main.

Le pavillon de chasse était dans l'obscurité.

– Cache-toi derrière cet arbre… murmura Heidi.

Mélaine obéit, même si rester dans le bois toute seule ne lui paraissait plus une si bonne idée que ça. Gretchen essaya la poignée de la porte. Elle s'ouvrit. Silencieusement, les sœurs entrèrent. La pièce principale était vide. De même que la petite chambre. Gretchen alluma le plafonnier. Odette n'était pas là.

Heidi appela Mélaine au grand soulagement de cette dernière.

— C'est étonnant qu'elle soit sortie, dit Gretchen. À moins que… Qu'elle ne soit en train de finir le pillage du manoir !

Heidi regardait tout autour d'elle. Si vraiment Odette était une voleuse, comment expliquer qu'elle vive dans un endroit si sordide ? Ses yeux s'arrêtèrent sur l'évier. Un peu de vaisselle mise à sécher… Heidi tressaillit. Posées sur une assiette, il y avait six cuillères dans une matière inhabituelle. Elle en ramassa une.

— Qu'est-ce que tu fais ? demanda Gretchen.

— C'est… Attends… Je réfléchis. De la corne… Bon sang de bois ! C'est… Ah bien sûr, tu ne peux pas te souvenir, tu dormais !

— Mais de quoi tu parles ?

— La lecture du testament ! J'entends encore la voix de Me Baulieu : « … je lègue ma collection de cuillères en corne de zébu, soit six cuillères… à mon cousin Alfred Dumoujin » !

Gretchen ! C'est lui ! C'est Alfred, notre voleur ! C'est lui qui a tué Béatrice !

— Pourquoi aurait-il donné son legs à « Odette » ? demanda Gretchen.

— Parce que ça ne vaut rien ! répondit Heidi. Un cadeau pour la soudoyer, que sais-je !

— Alfred... murmura Gretchen. Ce vieil ivrogne qui marche en titubant ! Si c'est lui, il nous a bien eues !

Heidi n'avait pas du tout envie de traîner dans les parages. Elle voulait partir, foncer jusqu'à la gendarmerie et dénoncer tout le monde : Alfred, la fausse Odette et le Dr Bontemps ! Pour une fois, Gretchen était de son avis. Elle éteignit le plafonnier et elles sortirent toutes les trois.

Un éclair zébra le ciel au-dessus du manoir... et un hurlement retentit dans la nuit.

Mélaine se blottit contre Heidi. QUI avait crié ?

— Ça vient de là-bas... souffla Gretchen, la main sur la poitrine.

Là-bas... Le manoir.

— Tu ne vas pas me faire une crise ? demanda Heidi, inquiète.

— Non, non, ça va… répondit Gretchen. Il faut qu'on aille voir.

— Tu plaisantes ?

Mais Gretchen ne plaisantait pas. Quelqu'un avait crié. Quelqu'un qui était peut-être en danger.

La fausse Odette. Un témoin gênant. Alfred. Un criminel. Gretchen se précipita dans le pavillon de chasse. Le fusil. Pas de cartouches. Tant pis, il ferait illusion.

— Mélaine, retourne à la voiture ! ordonna Heidi.

— Oh non, non ! implora Mélaine.

— On n'a pas le choix, dit Gretchen. On ne peut pas attendre ! Ni prévenir la police. Si j'en réchappe, j'achète un portable ! Mais toi, il faut que tu te caches. Pas dans la voiture. Trop repérable. Dans les fourrés, près de la grille. Allez !

Il ne servait à rien de protester quand Gretchen donnait des ordres. Et il y avait quelque chose dans le ton de sa voix… L'urgence et la peur.

Mélaine passa le portail et s'enfonça dans les taillis. Près de la grille, elle s'accroupit. Les éclairs incessants lui permirent de voir les deux sœurs s'éloigner. Bientôt, elles disparurent au tournant du sentier.

« *Ce jour-là, en marchant avec Clarisse, je l'ai trouvé. Il était en dehors de la propriété, dans l'herbe au bord du chemin, juste devant la grille… Il en manquait la moitié, il était tout tordu… Le médaillon a dû être arraché puis piétiné…* »

Mélaine s'était cachée, là où Odette Galois avait ramassé le médaillon. Exactement là. En dehors de la propriété, juste devant la grille.

Mélaine ouvrit sa veste imperméable et serra le petit cœur brisé entre ses doigts gelés.

Les arbres du bois avaient, jusqu'à la lisière, protégé les deux sœurs. Le grand champ en friche n'offrait aucun abri. Il fallait pourtant le traverser. L'orage ne faiblissait pas, bien au contraire. Les éclairs se succédaient et le tonnerre grondait presque sans discontinuer.

Gretchen posa la main sur le bras de Heidi. Les volets n'avaient pas été refermés après leur dernière visite. On apercevait une pâle lueur derrière la fenêtre du salon. C'était une lampe-tempête, probablement, car elle semblait fixe.

Un long hurlement transperça la nuit, une plainte douloureuse.

Gretchen n'hésita plus. Elle se précipita à travers le champ. Elle attendit que Heidi arrive à son tour avant de pousser tout doucement la porte du manoir. Elle n'était pas fermée à clé.

On entendait une voix, impatiente et rude.

– Tu vas parler, espèce de vieille folle ? Les bijoux ! Où sont les bijoux ?

Un gémissement sourd lui répondit.

Les deux sœurs se glissèrent vers le seuil du salon. Elles pouvaient voir la lampe-tempête posée sur le sol.

– Tu le sais ! J'en suis sûr ! Mais tu vas parler, oui ?

– Non… non… J'ai pas le droit…

C'était « Odette », sans aucun doute possible. Gretchen risqua un bref coup d'œil. « Odette » était tassée sur elle-même, en boule, dans la poussière. Elle se protégeait la tête avec les bras. La lumière jaune de la lampe allongeait l'ombre de l'homme qui se tenait debout, l'allongeait jusqu'au mur, lui donnant un aspect menaçant. L'homme portait un manteau noir. Il ajusta ses gants d'un geste énervé.

— Saleté de vieille mule ! Je commence à en avoir ras le bol ! Si tu ne me dis pas tout, je vais te cogner jusqu'à ce que la raison te revienne !

— Non… non… Pas toucher…

— Et comment que je vais te toucher ! hurla-t-il.

— Pas toucher les bijoux…

Gretchen avança résolument dans le salon, le fusil pointé.

— Haut les mains ! cria-t-elle.

Dans d'autres circonstances, Heidi aurait trouvé ça ridicule. Mais là, elle n'avait pas envie de rire. L'homme se retourna.

— Ne bougez pas, « cher cousin » ! dit Gretchen.

— Décidément, vous me tapez sur le système, les mémés, répondit Alfred. Et vous allez faire quoi ? Me tirer dessus ? Avec ça, j'en doute… C'est l'arme d'Odette, vous croyez que je ne la reconnais pas ? Vous n'avez pas de cartouches !

— Vous tenez vraiment à le vérifier ? demanda Heidi.

Alfred se mit à ricaner et fit un pas en avant. Gretchen agita le fusil, puisant dans ce qu'il lui restait de courage pour ne pas reculer.

— Nous sommes trois, dit Heidi. Qu'allez-vous faire ? Nous tuer toutes ? Comme la cousine Béatrice ? Soyez raisonnable. Les gendarmes ont déjà des soupçons, il ne leur faudra plus très longtemps pour comprendre ! Vous êtes foutu.

— Ah oui ? répondit Alfred. Eh bien, je ne vois pas les choses comme ça…

Pour un ivrogne invétéré, Alfred avait des réactions plutôt vives. Il bondit sur Gretchen et lui arracha le fusil en la bousculant. Elle faillit perdre l'équilibre. Heidi, malgré sa corpulence, eut vite fait de se jeter sur lui. Il la repoussa, profitant de l'occasion pour lui assener un coup avec la crosse du fusil. Heidi porta la main à sa joue et tomba à genoux. Déjà, le sang coulait de la plaie ouverte.

Gretchen cria à la vue du sang puis chercha l'air qui n'arrivait plus dans ses poumons. Elle s'effondra sur le sol, molle comme une poupée de chiffon.

Alfred éclata de rire.

— Pas très au point, votre numéro de duet-tistes !

Toute la pièce tournait autour de Heidi. Elle était proche de l'évanouissement. Elle tendit le bras vers sa sœur et, soudain, une idée lui traversa l'esprit.

— Au secours ! appela-t-elle. Mon Dieu ! Elle fait une crise cardiaque ! Il lui faut de l'aide ! Elle a le cœur malade ! Par pitié !

Au plus profond de sa crise de cataplexie, Gretchen entendait, voyait tout sans pouvoir bouger un muscle. Elle comprit que Heidi venait de saisir la seule chance qui leur restait : faire croire à Alfred qu'elle avait eu une attaque.

Dans quelques minutes, Gretchen retrouverait ses forces. Mais lui, il l'ignorait.

— C'est parfait, « chère cousine » ! répondit Alfred. Vous me facilitez le travail !

— Je vous en supplie… gémit Heidi. Vous ne pouvez pas faire ça…

— Et comment donc ! Une de moins et je n'ai même pas à la tuer !

Dans la lumière jaune de la lampe-tempête, Heidi vit l'ombre. L'ombre sur le mur qui s'élevait, qui grandissait.

Puis le vent s'empara du manoir dans un rugissement de bête féroce.

Mélaine avait les doigts bleus à force de serrer son médaillon. Ses lèvres tremblaient de froid et de peur. De violentes bourrasques secouaient les arbres au-dessus de sa tête. Un craquement sinistre retentit dans le bois. Une branche venait de se casser. N'était-il pas dangereux de rester sous les arbres, en plein orage, en pleine tourmente ? Mélaine ne savait plus que faire. Elle avait l'impression d'être là depuis une éternité, se transformant lentement en statue de glace.

Elle ne put même pas crier quand les mains la saisirent et la soulevèrent de terre.

Le vent s'engouffrait par la grande porte d'entrée et balayait le hall, soulevant des paquets de poussière grasse.

Heidi continua de geindre et de supplier tout en observant « Odette ». Celle-ci venait de se relever et se dressait à présent derrière Alfred. Avait-elle enfin récupéré un semblant de lucidité ? « Odette » baissa la tête vers la lampe posée sur le sol. Heidi espéra désespérément qu'elle allait s'en emparer et assommer Alfred.

Mais lorsqu'une voix s'éleva dans son dos, Heidi perdit tout espoir.

— C'est une charmante réunion de famille, ma parole !

Dans l'encadrement de la porte venait d'apparaître Nathaniel Frusquet. Il tenait contre lui le petit corps agité de Mélaine.

— Lâchez-la ! hurla Heidi. C'est une enfant ! Espèce de monstre ! Oh, mon Dieu… Vous étiez trois dans la combine…

— Très juste, répondit Nathaniel. Avouez qu'on a bien joué le jeu devant le notaire, à nous entre-déchirer à qui mieux mieux ! Eh bien, Odette ! Vous pensez à quoi ?

Alfred se retourna et fut surpris de voir Odette debout, les yeux écarquillés. Et ce qu'elle regardait ainsi, c'était l'éclat doré entre les pans de la veste ouverte de Mélaine. Alfred haussa les épaules. Elle était définitivement timbrée, celle-là.

— On a un problème, dit-il sans se préoccuper davantage d'Odette. La vieille nous fait une crise cardiaque, ce qui est bien pratique, mais qu'est-ce qu'on va faire des autres ?

— Vous ne pouvez pas vous en sortir ! répondit Heidi. C'est terminé. Laissez tomber. Vous avez encore une chance de vous enfuir. La seule chose qui m'importe, c'est de conduire Gretchen à l'hôpital. Je vous jure que je ne dirai rien à la police.

— C'est ça ! ricana Alfred. Et vous allez me tricoter un pull pour l'hiver !

Des fourmillements parcoururent la peau de Gretchen. Elle souleva le petit doigt.

Mélaine se tortillait pour échapper à l'étreinte de Nathaniel. Le médaillon oscilla de gauche à droite, accrochant la lumière jaune.

« Odette » attrapa la lampe et frappa violemment Alfred à la nuque. Il se plia en deux sans s'effondrer. La lampe s'écrasa sur le sol et la pièce fut plongée dans l'obscurité. Un éclair illumina brièvement la scène, juste assez pour que Heidi ramasse le fusil qu'Alfred avait laissé tomber sous le choc. Elle cogna à l'aveuglette, atteignant Alfred en plein dans les tibias. Il hurla et, cette fois-ci, s'écroula par terre.

Mélaine mordit la chair du poignet, au-dessus des gants de cuir. Nathaniel jura, voulut la tirer par les cheveux pour lui faire lâcher prise. Deux mains le saisirent à la gorge. Mélaine se glissa vers le bas, échappant à l'étreinte. Nathaniel ne comprenait pas ce qui lui arrivait. Il empoigna les mains qui l'étranglait, cherchant à repousser l'agresseur.

Un nouvel éclair lui permit de voir le visage de Gretchen, grimaçant sous l'effort.

— Sauve-toi, Mélaine ! cria-t-elle. Vite !

Mais ils étaient dans le passage et Mélaine ne pouvait pas sortir. Une ombre passa tout près. Mélaine sentit qu'on la prenait par l'épaule, fermement. Elle sut aussitôt que c'était « Odette ».

Brusquement, Nathaniel et Gretchen basculèrent sur le côté et roulèrent dans la poussière. Ne pas lâcher ! Jamais ! Gretchen s'accrochait comme une sangsue à la gorge de Nathaniel.

« Odette » entraîna Mélaine dans le hall. Dehors, l'orage, le vent et la pluie faisaient rage et « Odette » avait peur des éclairs. Elle conduisit Mélaine vers la cuisine.

Elle ouvrit une porte arrondie au fond du hall et poussa Mélaine à l'intérieur. La petite fille faillit tomber car il y avait un escalier juste derrière.

— Ne crains rien, *Mélanie* ! dit « Odette » à mi-voix. Cette fois, je ne laisserai pas les hommes en noir t'emmener !

« Odette » semblait savoir ce qu'elle faisait alors Mélaine la suivit, descendant dans l'obscurité. Arrivée en bas, Mélaine toucha quelque chose de froid et d'humide. Des rayonnages en fer… Des casiers de bouteilles. Mélaine comprit enfin où elle était. C'était le cellier.

Le cellier où l'horrible Victor enfermait Clarisse.

11

Qui est qui ?

Heidi cherchait à percer l'obscurité. Les éclairs s'espaçaient. Sa joue la faisait horriblement souffrir. Si seulement elle pouvait s'évanouir pour échapper à cette douleur... Elle devait rester consciente, coûte que coûte. Elle faisait de grands moulinets avec le fusil. Mais où était Alfred ? Elle n'arrivait pas à le trouver. Il avait dû se relever. Elle entendait des respirations et des râles du côté de l'entrée du salon.

Gretchen luttait contre Nathaniel et contre la cataplexie. Elle s'épuisait. La bagarre, ce n'était plus de son âge ! Nathaniel n'était pas non plus très jeune mais c'était un homme. Il réussit enfin à écarter Gretchen... Avec rage, il la projeta loin de lui. Le malheur voulut que Gretchen heurtât le coin de la grosse cheminée en marbre. Elle s'effondra, sonnée par le choc.

Le rayon d'une lumière. Nathaniel avait une petite lampe de poche dans son manteau. Il vérifia, d'abord, que Gretchen n'était plus en état de nuire. Heidi comprit le danger et essaya d'éviter le faisceau. La pièce était grande et la lueur assez faible. Pas assez… Elle fut suffisante pour Alfred. Il s'était effectivement relevé. Il avait le crâne solide !

Alfred passa derrière Heidi et saisit le fusil de ses deux mains. Il le monta à la hauteur du cou de Heidi et s'en servit pour lui écraser la gorge jusqu'à l'étouffement. À son tour, Heidi s'écroula.

— Les sales bêtes ! grogna Nathaniel. Où est Odette ? Et la gosse ?

— Parties… répondit Alfred en se massant le tibia. Foutons le camp aussi !

— Pas question ! dit Nathaniel. C'est maintenant ou jamais qu'il faut faire parler la folle !

Nathaniel gagna le hall et s'arrêta au centre. Le vent mugissait dehors. Odette était-elle sortie dans la tempête ? Il hésita. Alfred le rejoignit. Il commença une phrase mais Nathaniel l'interrompit aussitôt.

– Chut ! Écoute !

Quelque chose... Comme un bruit de verre brisé.

Dans l'obscurité du cellier, Mélaine s'était cognée dans les casiers. Une bouteille vide venait de tomber dans un fracas qui lui parut épouvantable.

Nathaniel connaissait parfaitement le manoir. Y compris le cellier où il avait volé tous les grands vins qu'il contenait. Il se mit à ricaner. Bien sûr ! C'était là où Odette s'était réfugiée, terrorisée comme elle l'était par l'orage !

Il fit un signe à Alfred. Celui-ci acquiesça silencieusement. Tous deux s'approchèrent du cellier. Lentement, Nathaniel abaissa la poignée de la porte puis entra.

D'en bas, Odette aperçut la faible lumière. Elle prit Mélaine par l'épaule et la força à s'accroupir dans un coin sombre puis se cacha vers le fond.

Les cousins descendaient… Les hommes en noir…

Il fallait sauver *Mélanie*. Odette attendit que les deux silhouettes se dessinent derrière les casiers. Elle poussa de toutes ses forces. Les casiers oscillèrent. Quelques bouteilles vides glissèrent et s'écrasèrent sur le sol. Nathaniel s'écarta vivement. Alfred fut moins rapide mais il eut la présence d'esprit d'attraper les montants en fer et de pousser dans l'autre sens. Les casiers grincèrent et, finalement, revinrent à leur place. Odette cria pour attirer les hommes en noir.

Les éloigner… Les éloigner à tout prix de *Mélanie*. La stratégie fut efficace : les cousins se précipitèrent vers elle.

Mélaine n'attendit pas. Elle se faufila vers l'escalier, les deux mains en avant pour se guider le long des marches.

— Saleté de vieille folle ! hurla Nathaniel en s'emparant d'elle.

Puis il sursauta. On venait de refermer la porte du cellier ! Il jura et jeta Odette, qui se débattait, dans les bras d'Alfred.

— Hé ! Me laisse pas dans le noir ! protesta celui-ci.

— Il ne faut pas que la vieille s'échappe ! dit Nathaniel.

Alfred voulut obliger Odette à le suivre mais elle donnait des coups de pied exactement là où il avait déjà des contusions. Comprenant qu'il ne parviendrait pas tout seul à la contrôler, Nathaniel se vit contraint de l'aider. Il perdait de précieuses secondes.

Arrivée dans le hall, Mélaine ne savait plus que faire. Appeler ses tutrices ? Elle avait peur de n'obtenir aucune réponse. Si elles étaient… mortes ? S'enfuir à travers les bois ? Ils la rattraperaient sans doute sur la route. Se cacher ? Mais où ? Il fallait se décider. Vite. Très vite !

Le vent faisait vibrer les murs et les volets. C'était miraculeux que les fenêtres ne fussent pas déjà toutes en morceaux.

En haut.

Mélaine empoigna la rampe de l'escalier en pierre. Elle ne connaissait vraiment que deux chambres. Celle de Mélanie et celle où elle avait pris la photo. Elle choisit cette dernière car elle se souvenait du grand lit. Elle pourrait certainement se cacher dessous.

À l'aveuglette, elle parcourut le couloir. Voilà. Elle y était.

À plat ventre, le nez dans la poussière, Mélaine se concentra pour ne pas se laisser aller à la panique. Elle se mit à penser à Belle-Manière, la patte sur son genou.

Les cousins traînèrent Odette comme un corps mort jusque dans le hall d'entrée. Elle leur compliquait sérieusement la tâche en refusant de se tenir sur ses pieds. Alfred soufflait comme un bœuf.

Nathaniel regarda vers l'extérieur. La gamine s'était-elle enfuie ? Ou peut-être avait-elle rejoint les sœurs… Il s'assura d'abord que celles-ci étaient toujours inconscientes. En tout cas, la gosse n'était pas dans le salon.

— Reste avec la vieille, ordonna-t-il.

— Laissons tomber ! répondit Alfred. Ça ne sert plus à rien, maintenant.

Nathaniel devint furieux. Il n'était pas question d'arrêter si près du but !

— On ne va quand même pas les tuer toutes ? dit Alfred.

— Un accident est si vite arrivé ! ricana Nathaniel. La foudre... Le feu !

— Quoi ? Tu veux... mettre le feu au manoir ?

— Dès que j'aurai les bijoux !

Alfred grogna. Son cousin perdait la tête avec cette histoire de bijoux.

Une porte claqua, à l'étage. Nathaniel leva un sourcil. Tiens... Tiens...

Quand Odette vit Nathaniel se diriger vers l'escalier de pierre, elle chercha à échapper à Alfred qui la tenait par les poignets.

— *Mélanie* ! hurla-t-elle. *Mélanie* !

Nathaniel se retourna vers elle. Cette vieille folle prenait la gamine pour *Mélanie* ! C'était parfait. Elle parlerait. Il en était sûr. Pour sauver Mélanie, Odette allait enfin parler !

L'oreille aux aguets, Nathaniel monta au premier étage. La porte agitée par un courant d'air, dans le couloir, à gauche. La porte que Mélaine avait pourtant refermée soigneusement. Mais le vent, s'engouffrant par le carreau cassé, l'avait à nouveau ouverte. Mélaine respirait mal dans la poussière épaisse sous le lit. Elle étouffait, à la fois frigorifiée et trempée de sueur. Elle aperçut le rai de lumière et retint son souffle.

Nathaniel s'arrêta sur le seuil. Il éclaira d'abord la grosse armoire puis le reste de la chambre. Il vit le carreau cassé et pensa qu'il s'était trompé. Le tonnerre grondait au loin. L'orage s'éloignait, la pluie battait moins fort.

Mélaine, au bord de l'apoplexie, fut obligée de respirer. La poussière lui entra dans le nez et, pour ne pas éternuer, elle porta la main à son visage. Il y avait peu d'espace là-dessous et son coude heurta le sommier.

Nathaniel s'apprêtait à faire demi-tour quand il entendit un petit bruit… qui venait du lit. Un sourire sinistre apparut sur ses lèvres trop minces. Nathaniel avança tout doucement vers le centre de la pièce. Mélaine suivait la lumière qui rasait le sol…

Et soudain, le silence.

Le vent s'était tu aussi brusquement qu'il s'était levé.

Un silence si surprenant que même Nathaniel le ressentit comme anormal. Le cœur de Mélaine battait si fort qu'elle avait l'impression qu'il était assourdissant. Dans ce silence…

Nathaniel se pencha. Il éclaira sous le lit. Mélaine n'avait d'autre choix que d'essayer de s'échapper de l'autre côté. Elle se glissa vers la grosse armoire, toujours à plat ventre, dans l'espoir de ne pas être vue.

— Tu crois que je vais te laisser filer ? dit Nathaniel.

Mélaine se ramassa en boule et tenta de foncer vers la porte ouverte. Mais Nathaniel lui barrait le chemin. Elle se réfugia à nouveau derrière le lit.

— Viens là ! ordonna Nathaniel.

Mélaine ne pouvait pas apercevoir son visage à cause de la lampe qu'il pointait vers elle. Nathaniel était une silhouette noire dédoublée dans le reflet du miroir de la bonnetière.

Et ce que vit Mélaine à cet instant, personne ne put l'expliquer par la suite.

Dans l'effroyable silence d'après la tempête, la bonnetière se mit à craquer sourdement. Nathaniel ne put s'empêcher de se retourner.

Presque lentement, la bonnetière bascula en avant.

Nathaniel ne comprit pas et resta figé.

Et, en une seconde, la bonnetière s'écrasa sur lui comme si on l'avait poussée avec une force incroyable. Le miroir se brisa, le bois explosa en morceaux.

Dans le rayon de la lampe qui roulait sur le sol, Mélaine aperçut la main gantée agitée de soubresauts. Nathaniel ne put même pas crier, un long et mince éclat du miroir lui avait transpercé la gorge. Une tache sombre s'écoula de sous le meuble fracassé.

La main ne bougea plus.

Le silence… Et puis cet énorme bruit.

Odette avait cessé de se débattre. Elle marmonnait à présent des phrases incohérentes entrecoupées de petits rires stridents. Elle ne semblait plus vouloir s'échapper, complètement perdue dans sa folie.

Alfred appela son cousin à plusieurs reprises. Embarrassé par Odette, dans l'obscurité, il ne savait plus que faire.

Le vent d'altitude avait commencé à chasser les nuages. La lune apparut, auréolée d'humidité. Sa vague lumière blafarde éclairait faiblement.

– Oh, c'est joli ! dit Odette d'une voix enfantine. Jolie, la lune !

Alfred se décida. Nathaniel ne répondait pas, il fallait aller voir ce qui se passait. Il lâcha les poignets d'Odette qui resta là, à admirer la lune noyée. Alfred monta les premières marches avec précaution. Il prit de l'assurance et grimpa plus vite.

Odette regarda vers lui.

– *Mélanie…* murmura-t-elle. Les hommes en noir…

« *Venez me chercher, venez me chercher !* » Mélanie suppliait. Odette se couvrit les oreilles pour ne plus entendre mais c'était dans sa tête.

– Oui, je viens te chercher !

Elle se releva, se précipita dans l'escalier. Alfred venait d'arriver en haut et hésitait sur la direction à prendre.

Deux mains saisirent le bas de son manteau. Il fit un demi-tour, essayant de se dégager.

— Espèce de vieille folle ! Lâche-moi donc !

Odette tira. Les bras d'Alfred battirent l'air et il perdit l'équilibre. Il tomba sur Odette. Ils roulèrent un instant ensemble, de plus en plus vite, tout le long de l'escalier. La tête d'Alfred heurta violemment le dernier barreau de la rampe. Son cou se tordit dans un craquement sinistre.

Odette avait eu plus de chance. Elle avait atterri en glissant sur le carrelage du hall. Elle était contusionnée et un peu étourdie mais toujours vivante.

Elle tendit les bras vers la silhouette qui se découpait dans la lumière de la lune.

— Odette ! Odette ! appela-t-elle. Chuis fait mal !

Heidi se pencha sur elle et caressa son front.

— Ça va aller... répondit-elle.

— Tu vas me soigner, hein, Odette ?

— Mais oui, dit Heidi.

Gretchen apparut à son tour sur le seuil du salon. Elle se tenait l'épaule droite.

— Où est Mélaine ? demanda-t-elle, aussitôt.

— Je suis là… dit une petite voix, en haut de l'escalier.

Mélaine, toute tremblante, s'accrocha à la rampe avec les deux mains et descendit.

— Il est mort.

Heidi regarda le corps d'Alfred. Qu'il fût mort ne faisait aucun doute. Mélaine fit un écart pour ne pas l'approcher.

— Pas lui, dit Mélaine. L'autre. C'est l'armoire… Quelqu'un l'a poussée.

Heidi s'était relevée pour la serrer contre elle et s'assurer qu'elle n'était pas blessée.

— Comment ça, quelqu'un ? demanda Gretchen.

— Je n'ai vu personne, répondit Mélaine. Mais c'est pas tombé tout seul !

Heidi n'insista pas. La pauvre enfant était, évidemment, traumatisée par les événements.

— Ça ne va pas fort... dit Gretchen. Je crois que j'ai la clavicule cassée. Et je pense qu'« Odette » a besoin de soins, elle aussi.

Mélaine se dégagea en douceur de l'étreinte de Heidi. Elle s'accroupit près d'« Odette » qui s'était assise par terre. Elle l'entoura de ses bras.

— Merci... souffla-t-elle. Merci de m'avoir aidée.

— Je n'aurais pas laissé les hommes en noir t'emmener encore, *Mélanie*.

— Je ne suis pas Mélanie. Je suis Mélaine, ta petite-nièce. *Mélanie, c'est toi.*

12

Ce qui s'est réellement passé

Belle-Manière ronronnait, pelotonnée contre Mélaine. Gretchen se reposait, allongée sur le divan. Elle ne dormait pas. Heidi versa du thé dans sa tasse.

— Tu es sûre que ça va ? dit-elle.

Les yeux toujours clos, Gretchen grogna.

— Tu me l'as déjà demandé il y a vingt minutes ! C'est cassé, c'est cassé ! On ne va pas en faire un plat, non ?

— Qu'est-ce qui va arriver à Mélanie, maintenant ? dit Mélaine.

— C'est un peu compliqué… répondit Heidi. Pour le moment, on la soigne à l'hôpital.

— Mais on ne va pas l'enfermer, encore ? Ça ne serait vraiment pas juste !

— Tu sais, ta grand-tante est quand même…

— Folle à lier, coupa Gretchen, dingo, jetée, à la masse !

— N'exagérons rien ! protesta Heidi.

— Comment ça ? répondit Gretchen. Le psychiatre nous a bien expliqué que Mélanie souffrait de dédoublement de la personnalité !

— J'ai pas tout compris, dit Mélaine. Et qu'est-ce que le colonel Richard vous a raconté, lui ?

Heidi essaya de résumer, avec des mots simples, tout ce qu'elle avait appris du colonel de gendarmerie.

Dès qu'il fut informé des événements tragiques de la nuit et de ce qui avait précédé, le colonel Richard avait reconstitué tout le passé probable de Mélanie. M. Bontemps, le directeur de la maison de repos à Cotignac, lui avait lui-même fourni les éléments manquants. Il ne se sentait, de toute évidence, absolument pas fautif. D'ailleurs, il ne l'était pas. C'était son père, Aristide Bontemps, qui aurait eu des comptes à rendre à la justice. Comme il était mort, ainsi que Victor d'Avillon, plus personne n'était condamnable.

M. Bontemps avait hérité de Mélanie en même temps que de l'hospice. Il était payé par Victor pour la garder. Pourquoi ne l'aurait-il pas fait ? Elle était traitée aussi bien que les autres, tout le personnel pouvait en témoigner. Dans l'ensemble, elle ne créait pas de problèmes. Sauf les soirs d'orage. Ce n'était que dans ces moments-là que Mélanie changeait de personnalité. En fait, elle redevenait celle qu'elle avait vraiment été : une petite fille terrorisée qu'on emmenait contre son gré loin de sa famille. L'orage passé, elle ne se souvenait plus ou, plus exactement, elle croyait avoir vu Mélanie, *une autre qu'elle-même*, une enfant désespérée qui suppliait que l'on vienne la chercher.

Sa folie était d'être persuadée qu'elle était Odette. Odette Galois, la dernière personne qui s'était occupée d'elle, la seule peut-être, à lui avoir manifesté un peu d'attention et de tendresse. L'ironie voulait qu'elle ait été inscrite sous le nom d'Odette Durand. Une curieuse plaisanterie de la part de Victor. Et c'était là, bien sûr, que le comportement d'Aristide Bontemps était critiquable. Avec la complicité de Victor, il avait fait enlever la petite fille par... *les hommes en noir*. Des infirmiers de l'hospice ou des gens payés pour la besogne. Ça, le fils Bontemps l'ignorait. Mais il savait, en revanche, que sa pensionnaire était la fille de Victor d'Avillon.

La scène que la vraie Odette Galois avait surprise entre Clarisse et son père était en rapport avec tout cela. Victor avait avoué, non pas « son crime » comme Odette l'avait supposé, mais ce qu'il avait fait de Mélanie. Il allait mourir et il s'inquiétait de ce qu'il adviendrait de sa fille. Ce qui prouvait, d'une certaine manière, que Victor s'intéressait à son sort. Malgré l'horreur de son acte, il n'avait pas tout à fait abandonné Mélanie.

En apprenant la vérité, Clarisse était devenue furieuse. Et contrairement à ce qu'on aurait pu penser, elle n'avait pas laissé sa sœur à Cotignac. Elle était allée la chercher. Oui, en 1987, à la mort de Victor, Clarisse avait repris Mélanie. Et elle versait la somme de cinquante mille francs tous les ans, à la maison de repos, pour acheter leur silence. Même si le directeur niait le fait et prétendait qu'il s'agissait d'une généreuse donation. Seulement voilà… Que faire de Mélanie ? On ne révèle pas les secrets de famille chez les d'Avillon. Qui plus est, Mélanie était folle et se prenait pour Odette Galois. Alors Clarisse l'avait ramenée au manoir, installée dans le pavillon de chasse.

« Clarisse faisait sa promenade tous les matins », avait dit Brigitte, la bonne de la maison Faucher. Clarisse rendait visite à sa sœur, en cachette. Ce qu'elle ignorait probablement, c'était que les chers cousins en faisaient autant… Pour des raisons encore moins avouables. Jamais, ils n'avaient soupçonné qu'Odette était Mélanie.

Là commençait la deuxième partie de l'histoire. Clarisse ayant fait fermer le manoir, les cousins avaient décidé d'y faire un petit tour… Et selon toute vraisemblance, ils y avaient trouvé Mélanie. C'était sans doute elle qui leur avait donné les clés. Ils avaient pillé le manoir pendant des années. Il y avait de quoi faire. Par prudence, ils ne l'avaient fait que petit à petit. Nathaniel et Alfred se chargeaient des vols, Béatrice revendait les objets et les meubles. Mais l'obsession de Nathaniel et d'Alfred, c'était les bijoux de Mariana. Et, à la faveur d'une nuit d'orage, Nathaniel avait eu la conviction qu'« Odette » savait où ils se trouvaient. Il n'avait pas compris qu'il avait affaire à Mélanie et qu'en conséquence, elle ne pouvait pas savoir où étaient les bijoux !

Et puis, Clarisse était morte. Mélaine et ses tutrices étaient venues au manoir et avaient découvert les vols. Pour détourner les soupçons et sans doute parce que Béatrice était le maillon fragile du trio, les deux cousins avaient décidé de l'éliminer. Lequel des deux l'avait tuée, on ne le saurait jamais.

Voyant venir l'orage, les cousins étaient retournés au manoir, en dépit des risques. Persuadés qu'« Odette » parlerait enfin… Leur avidité allait causer leur perte.

Mais ce que le colonel Richard et son équipe d'experts ne purent pas expliquer, c'était comment la bonnetière avait pu tomber sur Nathaniel. Un coup de vent ? Cela paraissait impossible. Nathaniel l'aurait-il lui-même renversée ? Difficile à croire. Alors quoi ?

— Je sais bien ce que j'ai vu, dit Mélaine. Quelqu'un l'a poussée !

— *Ce que tu as vu...* répondit Gretchen. Justement, tu n'as vu personne !

Mélaine haussa les épaules. Que pouvait-elle dire d'autre ?

— Pourquoi grand-tante Mélanie ne resterait-elle pas dans le pavillon de chasse ? Elle y a vécu treize ans, ça prouve qu'elle peut se débrouiller toute seule. On peut peut-être demander à Brigitte de lui rendre visite de temps en temps pour s'assurer qu'elle va bien ? Et pis, on peut y aller, nous aussi !

— C'est une idée, admit Heidi. Après tout... Même si elle se prend pour Odette, ça ne l'empêche pas de se nourrir et de s'occuper d'elle !

— Faudrait quand même arranger le pavillon, dit Gretchen. C'est un taudis ! Et lui donner de l'argent. Elle y a droit, à son héritage !

— Ça, ça dépend de ce que décidera la justice, répondit Heidi.

— Ce qui est presque drôle dans tout ça, remarqua Gretchen, c'est qu'on ne retrouvera jamais les bijoux de Mariana ! Dieu seul sait ce que Clarisse a bien pu en faire !

— Ça, c'est facile, dit Mélaine.

Les deux sœurs se tournèrent vers la petite fille.

— Qu'est-ce que tu as imaginé encore ? s'exclama Gretchen.

— Odette Galois, répondit Mélaine. Souvenez-vous de ce qu'elle nous a raconté. Quand Clarisse a pris les bijoux, elle a dit à son père : « Ces choses-là, je te jure bien que tu les emporteras en enfer ! »

— Et alors ? demanda Heidi. Elle était en colère, c'est normal !

— Peut-être, dit Mélaine. Mais elle le pensait. Les bijoux de Mariana sont enterrés avec Victor !

— Dans son cercueil ? demanda Gretchen. Nom d'une pipe ! C'est qu'elle est capable d'avoir raison, la gamine !

— Oui, eh bien, je ne me vois pas ouvrir sa tombe pour vérifier ! répondit Heidi. Allons ! Changeons de sujet ! Tiens, je suis allée chercher les photos. On ne les a même pas regardées !

— Y a les miennes ? demanda Mélaine.

Heidi ramassa les trois enveloppes sur le buffet. Mélaine rapprocha sa chaise de la table, en prenant soin de ne pas déranger Belle-Manière. Gretchen se leva et s'assit près d'elle.

— Voilà celles de Gretchen, dit Heidi en poussant le paquet vers sa sœur.

— Commençons par les photos de Mélaine, proposa Gretchen. Ah ! Pas mal pour un début ! Beau paysage... L'église de Bernay ! Qu'en penses-tu, Heidi ?

— De la graine de *National Geographic* !

Mélaine se sentit rougir. Elle se prit à rêver de sa future carrière comme photographe.

— C'est quoi, ça ? demanda Gretchen.

Elles se penchèrent de concert sur un cliché qui avait une grosse tache claire en son milieu.

— Oh... fit Mélaine. J'ai fait des photos dans la chambre... Mais j'ai pas pensé au flash ! C'est moi dans le miroir… enfin, c'est ce qu'on devrait voir… J'en ai fait une autre, sans le flash ! Où est-elle ?

— Ma pauvre cocotte, répondit Heidi, sans le flash, tu ne pouvais rien obtenir, ta pellicule n'était pas assez sensible ! Je suppose que le laboratoire n'a pas pris la peine de la tirer.

— Il a bien tiré celle-là ! dit Gretchen. Au laboratoire, on connaît nos petites manies. Ils savent qu'on veut tout avoir, même ce qui est raté !

Mélaine fouillait dans le tas.

— Ça y est ! s'exclama-t-elle. Je l'ai ! Et…

Ses joues roses devinrent livides.

— Quoi ? demanda Gretchen. Qu'est-ce qui t'arrive ?

Heidi prit la photo et la posa sur la table. L'image était assez noire mais on y distinguait nettement plusieurs choses : le cadre foncé de la bonnetière, le lit à montants et, bien sûr, Mélaine avec son appareil photo qui se reflétait dans le miroir.

Et, *dans* le miroir, côte à côte avec le reflet de Mélaine, la haute silhouette d'un homme âgé.

Un homme qui regardait l'enfant derrière le lit.

Qui fixait son arrière-petite-fille de ses yeux sombres et pénétrants.

De la même autrice à *l'école des loisirs*

Collection Médium

C'est l'aventure ! (collectif)

Collection M+

L'enfant des ombres
La marque du diable
Derrière la porte
Cela
L'écolier assassin
La chambre du pendu
Jeu mortel
Ailleurs

Composition et mise en pages
Nord Compo à Villeneuve-d'Ascq

Cet ouvrage a été achevé d'imprimer
sur Roto-Page
par l'Imprimerie Floch à Mayenne
en octobre 2021

N° d'impression : 99308
Imprimé en France